吴世昌
中国古诗文夜读心语

吴世昌 著 中国古诗文夜读心语

图书在版编目(CIP)数据

中国古诗文夜读心语/吴世昌著. —北京：北京大学出版社，2020.7

ISBN 978-7-301-30469-3

Ⅰ.①古… Ⅱ.①吴… Ⅲ.①古典诗歌－诗歌欣赏－中国②古典散文－文学欣赏－中国 Ⅳ.①I206.2

中国版本图书馆 CIP 数据核字（2019）第 084421 号

书　　　名	中国古诗文夜读心语 ZHONGGUO GUSHIWEN YEDU XINYU
著作责任者	吴世昌　著
策划组稿	王炜烨
责任编辑	王炜烨　杨书澜
标准书号	ISBN 978-7-301-30469-3
出版发行	北京大学出版社
地　　　址	北京市海淀区成府路 205 号　100871
网　　　址	http://www.pup.cn　新浪微博：@北京大学出版社
电子信箱	zyjy@pup.cn
电　　　话	邮购部 010-62752015　发行部 010-62750672 编辑部 010-62750673
印　刷　者	三河市博文印刷有限公司
经　销　者	新华书店
	890 毫米×1240 毫米　32 开本　10.75 印张　189 千字 2020 年 7 月第 1 版　2020 年 7 月第 1 次印刷
定　　　价	48.00 元

未经许可，不得以任何方式复制或抄袭本书之部分或全部内容。
版权所有，侵权必究
举报电话：010-62752024　电子信箱：fd@pup.pku.edu.cn
图书如有印装质量问题，请与出版部联系，电话：010-62756370

吴世昌

目 录

一、诗话 / 001

二、词论 / 115

三、文议 / 235

一、诗话

1

我于1944年9月从柳州坐船顺融江到长安,在学生李宗蕃家中小住。李听融江两岸男女青年对答之歌声,称为"对诗"(不称"对唱"或"对歌")。我听此二字大受启发,想《诗经》之"诗"字即起源于此。若云"对歌",则似为后起名称,与《诗经》的"诗"无关了。其实此乃《诗经》之溯义,不必改为"对歌"也。

2

风骨,谓诗中有具体事实。所谓"建安风骨",谓建安诗多咏故事,有骨有肉,不如后世之一味兴象,水清无鱼也。

>>> 融江两岸男女青年对答之歌声称为"对诗",我听此二字大受启发,想《诗经》之"诗"字即起源于此。图为宋代马和之《豳风·七月》(局部)。

吴世昌

3

或谓诗以典故铺张排比之病其原因之一为"牵率应酬",从皇帝应酬到妻子,从同时人应酬到古人,从旁人应酬到自己,从人应酬到物等等。这个"应酬论"未免太广泛。一切文学都是应酬自己的思想感情,中外皆然。咏物诗亦未必皆为从人一直应酬到物,倒是借物之题以发挥感情为多。如曾巩《咏柳》①,全是讽刺,与柳几乎不相干,更谈不到应酬柳。"生日感怀""自题小像"之类,大都有感有怀,"生日"与"小像"不过是借题发挥而已。真正"应酬自己"之诗,可以陆游②《排闷》为代表:"西塞山前吹笛声,曲终已过雒阳城。君能洗尽世间念,何处楼台无月明。"第三句之"君"乃自对自说,正如小孩独语或心口自问自答,虽是应酬自己,亦未必无好诗可作也。

4

"仁者乐山,知者乐水。"仁者北方之强,知者南方之强。

---

① 曾巩《咏柳》:"乱条犹未变初黄,倚得东风势便狂。解把飞花蒙日月,不知天地有清霜。"曾巩(1019—1083),字子固,有《元丰类稿》。
② 陆游(1125—1210),字务观,号放翁,越州山阴(今绍兴)人,南宋文学家、史学家、爱国诗人。

《诗经》方正坚致,其德如山;《楚辞》宛转流畅,其德如水。故《诗经》代表北方文学,《楚辞》代表南方文学。宛转流畅,近乎阴柔之义;方正坚致,近乎阳刚之美。五言诗从阴柔之美的妇女歌辞中演变出来,是合乎逻辑的。

5

历年余在牛津大学讲汉诗,曾据《戚夫人歌》[①]、班婕妤诗[②]、《李延年[③]歌》等创五言诗为女子所始作之说。此意曾与英学人 A. Waley[④] 谈及,彼亦同意。今重读《玉台新咏》[⑤],既几全为五言,又选时立意为艳诗,故几乎每首皆与女子有关,虽咏物亦拟人作女子,或述有关女子之行动。征夫室思,咏叹歌舞,尤多牵涉女子,而大部为女子怨词,男子代作,其古意拟古之作,皆代怨女立言,则尤可证六代诗人

---

① 《戚夫人歌》:"子为王,母为虏,终日舂薄暮,常与死为伍。相离三千里,当谁使告汝。"戚夫人,汉刘邦宠姬,生赵王如意。后被吕后去手足耳目,名为"人彘"。

② 班婕妤《怨诗》:"新裂齐纨素,鲜洁如霜雪,裁为合欢扇,团团似明月。出入君怀袖,动摇微风发。常恐秋节至,凉风夺炎热,弃捐箧笥中,恩情中道绝。"班婕妤(公元前 48—公元 2),汉成帝时女官。

③ 李延年(? —约前 87),汉代音乐家。

④ Arthur Waley(1889—1966),汉名亚瑟·伟利,英国著名诗人、翻译家、汉学家。剑桥大学荣誉院士,不列颠学院院士。1956 年授予勋爵。曾译中国诗多篇,有译诗集。

⑤ 南朝徐陵所编梁以前诗集。徐陵(507—583),字孝穆。

>>> 作者曾在牛津大学讲汉诗,曾据《戚夫人歌》、班婕妤诗、《李延年歌》等创五言诗为女子所始作之说。图为东晋顾恺之《女史箴图》唐摹本中之"婕妤辞辇"。

皆知五古诗之无名者皆女子所作。而卷首以"上山采蘼芜"压卷，尤征孝穆之卓识。蔡女《悲愤》①，女子作品之尤著者。《汉书·尹赏传》所录民歌②，亦为母妻之作品。孝穆序文盛赞才女，则彼心中固知五古为女子特长。曹氏③乐府，多仿民女怨词，遂开建安风气，则女子文学在中国文学史上之贡献，厥功甚伟，今知者绝鲜。④

6

《玉台新咏》卷一所收古诗八首⑤皆女子所作，徐陵以

---

① 蔡琰(生卒年不详)，字文姬，东汉末时人。蔡邕之女，博学多才。曾被掳入南匈奴十二年，后为曹操赎回。《悲愤诗》为其代表作。
② 所录民歌为："安所求子死(尸)？桓东少年场。生时谅不谨，枯骨后何葬？"
③ 指曹操、曹丕、曹植父子。
④ 此则1955年冬写于牛津。又据作者对《玉台新咏》中四百七十余首诗分析，代女子作及代女子立言二百又七首，咏女子一百七十七首，女子自作七十首。参见《罗音室学术论著》第二卷，第816—830页。
⑤ "上山采蘼芜，下山逢故夫。长跪问故夫，新人复何如？新人虽言好，未若故人姝。颜色类相似，手爪不相如。新人从门入，故人从阁去。新人工织缣，故人工织素。织缣日一匹，织素五丈余。将缣来比素，新人不如故。"
"凛凛岁云暮，蝼蛄多鸣悲。凉风率已厉，游子寒无衣。锦衾遗洛浦，同袍与我违。独宿累长夜，梦想见容辉。良人惟古欢，枉驾惠前绥。愿得常巧笑，携手同车归。既来不须臾，又不处重闱。谅无晨风翼，焉得凌风飞？眄睐以适意，引领遥相睎。徙倚怀感伤，垂涕沾双扉。"
"冉冉孤生竹，结根泰山阿。与君为新婚，菟丝附女萝。菟丝生有时，夫妇会有宜。千里远结婚，悠悠隔山陂。思君令人老，轩车来何迟！伤彼蕙兰花。含英扬光辉。过时而不采，将随秋草萎。君亮执高节，贱妾亦何为？"(此首《全汉诗》入傅毅诗，不明所据。)(转下页)

之压卷,深具卓识。盖五言为女子所创,我于牛津讲诗史时已详言之矣。徐序专言女子才情,可知其亦深知五言渊源,故以女子作品为首,开宗明义,其意深矣。然徐陵而后知此者鲜矣。

7

朱彝尊《书〈玉台新咏〉后》谓孝穆此集乃《文选》①遗材辑以成书,一若非徐陵立意选辑以表扬女子作品为目的者,误矣。按卷一所选古诗八首中,有四首②已为《文选》录入

(接上页)

"孟冬寒气至,北风何惨慄。愁多知夜长,仰观众星列。三五明月满,四五蟾兔缺。客从远方来,遗我一书札。上言长相思,下言久离别。置书怀袖中,三岁字不灭。一心抱区区,惧君不识察。"

"客从远方来,遗我一端绮。相去万余里,故人心尚尔。文彩双鸳鸯,裁为合欢被。著以长相思,缘以结不解。以胶投漆中,谁能别离此。"

"四坐且莫喧,愿听歌一言。请说铜炉器,崔嵬象南山。上枝以松柏,下根据铜盘。雕文各异类,离娄自相联。谁能为此器,公输与鲁班,朱火然其中,青烟扬其间。从风入君怀,四坐莫不叹。香风难久居,空令蕙草残。"

"悲与亲友别,气结不能言。赠子以自爱,道远会见难。人生无几时,颠沛在其间。念子弃我去,新心有所欢。结志青云上,何时复来还。"

"穆穆青风至,吹我罗裳裾。青袍似春草,长条随风舒。朝登津梁山,褰裳望所思。安得抱柱信,皎日以为期。"

① 南朝梁萧统编,是我国现存最早的诗文总集。萧统(501—531),字德施,小字维摩,梁武帝长子,南朝梁代文学家。

② 指"凛凛岁云暮""冉冉孤生竹""孟冬寒气至""客从远方来"四首。

《古诗十九首》中,可知此集非《文选》遗材为徐陵所拾遗穗也。

8

古乐府《日出东南隅行》①写罗敷"头上倭堕髻"。"倭堕髻"见《后汉书·梁统传附冀传》。则此诗亦东汉或更后作品。又罗敷未满二十而其夫婿已四十,则非其初婚之妻。

---

① 又名《罗敷行》《陌上桑》:"日出东南隅,照我秦氏楼。秦氏有好女,自言名罗敷。罗敷善蚕桑,采桑城南隅。青丝为笼绳,桂枝为笼钩;头上倭堕髻,耳中明月珠;绿绮为下裙,紫绮为上襦。观者见罗敷,下担捋髭须;少年见罗敷,脱巾著帩头;耕者忘其耕,锄者忘其锄,来归相喜怒,但坐观罗敷。使君从南来,五马立踟蹰。使君遣吏往,问此谁家姝?秦氏有好女,自名为罗敷。罗敷年几何?二十尚不满,十五颇有余。使君谢罗敷:宁可共载不?罗敷前置辞:使君一何愚!使君自有妇,罗敷自有夫。东方千余骑,夫婿居上头。何以识夫婿?白马从骊驹。青丝系马尾,黄金络马头。腰间鹿卢剑,可直千万余。十五府小吏,二十朝大夫;三十侍中郎,四十专城居。为人洁白晳,鬑鬑颇有须。盈盈公府步,冉冉府中趋。坐中数千人,皆言夫婿殊。"

>>>
"罗敷善蚕桑,采桑城南隅。"图为无名氏所画的罗敷。

9

《李延年歌》诗曰:"北方有佳人,绝出而独立。一顾倾人城,再顾倾人国。倾城复倾国,佳人难再得。""绝出",后作"绝世",则此本当出自唐抄本。又少"宁不知"三字,则泛声在古时可省。

10

辛延年《羽林郎》①诗中有"耳后大秦珠","大秦"之名始见《后汉书》,则此后汉时诗也。

---

① 《羽林郎》:"昔有霍家姝(奴?),姓冯名子都。依倚将军势,调笑酒家胡。胡姬年十五,春日独当垆。长裾连理带,广袖合欢襦。头上蓝田玉,耳后大秦珠。两鬟何窈窕,一世良所无。一鬟五百万,两鬟千万余。不意金吾子,娉婷过我庐。银鞍何煜爚,翠盖空踟蹰。就我求清酒,丝绳提玉壶。就我求珍肴,金盘脍鲤鱼。贻我青铜镜,结我红罗裾。不惜红罗裂,何论轻贱躯。男儿爱后妇,女子重前夫。人生有新故,贵贱不相逾。多谢金吾子,私爱徒区区。"

11

徐幹①《情诗》有"镜匣上尘生"句,李商隐②诗"宝钗何日不生尘"一语本此。

12

繁钦《定情诗》③乃女子怀人不遇之诗,不知何以名为

---

① 徐幹(170—217),字伟长,"建安七子"之一。《情诗》:"高殿郁崇崇,广厦凄泠泠。微风起闺闼,落日照阶庭。踟蹰云屋下,啸歌倚华楹。君行殊不返,我饰为谁荣。炉薰阖不用,镜匣上尘生。绮罗失常色,金翠暗无精。嘉肴既忘御,旨酒亦常停。顾瞻空寂寂,唯闻燕雀声。忧思连相嘱,中心如宿醒。"

② 李商隐(约813—858),字义山,号玉谿生,又号樊南生。有《李义山诗集》。诗句出自《残花》:"残花啼露莫留春,尖发谁非怨别人。若但掩关劳独梦,宝钗何日不生尘。"

③ 《定情诗》:"我出东门游,邂逅承清尘。思君即幽房,侍寝执衣巾。时无桑中契,迫此路侧人。我既媚君姿,君亦悦我颜。何以致拳拳?绾臂双金环。何以致殷勤?约指一双银。何以致区区?耳中双明珠。何以致叩叩?香囊系肘后。何以致契阔?绕腕双跳脱。何以结恩情?珮玉缀罗缨。何以结中心?素缕连双针。何以结相于?金薄画搔头。何以慰别离?耳后玳瑁钗。何以答欢悦?纨素三条裾。何以结愁悲?白绢双中衣。与我期何所?乃期东山隅。日旰兮不至,谷风吹我襦。远望无所见,涕泣起踟蹰。与我期何所?乃期山南阳。日中兮不来,飘风吹我裳。逍遥莫谁睹,望君愁我肠。与我期何所?乃期西山侧。日夕兮不来,踯躅长叹息。远望凉风至,俯仰正衣服。与我期何所?乃期山北岑。日暮兮不来,凄风吹我衿。望君不能坐,悲苦愁我心。爱身以何为?惜我华色时。中情既款款,然后魁密期。褰衣蹑茂草,谓君不我欺。厕此丑陋质,徙倚无所之。自伤失所欲,泪下如连丝。"繁钦(? —218),字休伯,三国时魏人。

"定情诗"?

13

古时男子亦可称"佳人"。如曹植《杂诗五首》[①]，乃代女子作，其四云"佳人在远道，妾身独单茕"，此"佳人"即指男子。其五云"南国有佳人，容华若桃李"，此又称女子为

[①] 曹植(192—232)，字子建，曹操子，后人辑有《曹子建集》。《杂诗五首》其一："明月照高楼，流光正徘徊。上有愁思妇，悲叹有余哀。借问叹者谁？言是客子妻。君行逾十年，孤妾常独栖。君若清路尘，妾若浊水泥。浮沉各异势，会合何时谐？愿为西南风，长逝入君怀。君怀时不开，妾心当何依？"其二："西北有织妇，绮缟何缤纷？明晨秉机杼，日昃不成文。太息终长夜，悲啸入青云。妾身守空房，良人行从军。自期三年归，今已历九春。孤鸟绕树翔，噭噭鸣索群。愿为南流景，驰光见我君。"其三："微阴翳阳景，清风飘我衣。游鱼潜绿水，翔鸟薄天飞。眇眇客行士，遥役不得归。始出严霜结，今来白露晞。游子叹黍离，处者歌式微。慷慨对嘉宾，凄怆内伤悲。"其四："揽衣出中闺，逍遥步两楹。闲房何寂寞，绿草被阶庭。空室自生风，百鸟翔南征。春思安可忘，忧戚与我并。佳人在远道，妾身独单茕。欢会难再遇，兰芝不重荣。人皆弃旧爱，君岂若平生。寄松为女萝，依水如浮萍。束身奉衿带，朝夕不堕倾。倘愿终盼昐。永副我中情。"其五："南国有佳人，容华若桃李。朝游江北岸，夕宿湘川沚。时俗薄朱颜，谁为发皓齿。俯仰岁将暮，荣曜难久恃。"

"佳人"。《美女篇》①篇末叙女久旷,有"佳人慕高义,求贤良独难。众人何嗷嗷,安知彼所欢。盛年处房室,中夜起长叹"。此以女子为佳人。《种葛篇》②咏弃妇,云"行年将晚暮,佳人怀异心",此又以"佳人"为丈夫。又张华③《情诗五首》其第二云:"明月曜清景,胧光照玄墀。幽人守静夜,回身入空帷。束带俟将朝,廓落晨星稀。寐假交精爽,觌我佳人姿。巧笑媚权靥,联媚眸与眉。寐言增长叹,凄然心独悲。"此"幽人"指男子,"佳人"指女子。而刘铄《杂诗五首》之"眇眇凌羡道"④,乃代女子作,其中有"佳人无还期"句,可见女子称男子亦可曰佳人。

---

① 《美女篇》:"美女妖且闲,采桑歧路间。长条纷冉冉,落叶何翩翩。攘袖见素手,皓腕约金环。头上金爵钗,腰佩翠琅玕。明珠交玉体,珊瑚间木难。罗衣何飘飘,轻裾随风还。顾眄遗光彩,长啸气若兰。行徒用息驾,休者以忘餐。借问女安居,乃在城南端。青楼临大路,高门结重关。容华晖朝日,谁不希令颜。媒氏何所营,玉帛不时安。佳人慕高义,求贤良独难。众人何嗷嗷,安知彼所欢。盛年处房室,中夜起长叹。"
② 《种葛篇》:"种葛南山下,葛蔓自成阴。与君初婚时,结发恩义深。欢爱在枕席,宿昔同衣衾。窃慕棠棣篇,好乐和瑟琴。行年将晚暮,佳人怀异心。恩绝旷不接,我情遂抑沈。出门当何顾,徘徊步北林。下有交颈兽,仰见双栖禽。攀枝长叹息,泪下沾罗衿。良鸟知我злобно,延颈对我吟。昔为同池鱼,今若商与参。往古皆欢遇,我独困于今。弃置委天命,悠悠安可任。"
③ 张华(232—300),字茂先,西晋时人。现存诗三十余首。
④ 刘铄(431—453),字休玄。南朝宋时人。现存诗十首。"眇眇凌羡道"出自其《杂诗五首》之《代行行重行行》:"眇眇凌羡道,遥遥行远之。回车背京里,挥手于此辞。堂上流尘生,庭中绿草滋。寒蜩翔水曲,秋兔依山基。芳年有华月,佳人无还期。日夕凉风起,对酒长相思。悲发江南调,忧委子衿诗。卧看明灯晦,坐见轻纨缁。泪容旷不饬,幽镜难复治。愿垂薄暮景,照妾桑榆时。"

>>> 曹丕《于清河见挽船士新婚与妻别》诗曰:"与君结新婚,宿昔当别离","昔"同"夕","宿夕",即新婚之次日也。图为唐代阎立本描绘曹丕等帝王的《历代帝王图卷》(局部)。

14

曹丕《于清河见挽船士新婚与妻别》①诗曰"与君结新婚,宿昔当别离","昔"同"夕","宿夕",即新婚之次日也。

15

前已指明《种葛篇》为弃妇诗。又《浮萍篇》②亦怜新弃旧诗。又《弃妇诗》③云:"拊心长叹息,无子当归宁。有子月经天,无子若流星。"末云:"招摇待霜露,何必春夏成。

---

① 《于清河见挽船士新婚与妻别》:"与君结新婚,宿昔当别离。凉风动秋草,蟋蟀鸣相随。冽冽寒蝉吟,蝉吟抱枯枝。枯枝时飞扬,身体忽迁移。不悲身迁移,但惜岁月驰。岁月无穷极,会合安可知,愿为双黄鹄,比翼戏清池。"曹丕(187—226),字桓,曹操子,即魏文帝。著有《典论》等,诗有后人辑本。

② 《浮萍篇》:"浮萍寄清水,随风东西流。结发辞严亲,来为君子仇。恪勤在朝夕,无端获罪尤。在昔蒙恩惠,和乐如瑟琴。何意今摧颓,旷若商与参。茱萸自有芳,不若桂与兰。新人虽可爱,无若故所欢。行云有反期,君恩倪中还。慊慊仰天叹,愁愁将何诉。日月不常处,人生忽若遇。悲风来入怀,泪下如垂露。发箧造裳衣,裁缝纨与素。"

③ 《弃妇诗》:"石榴植前庭,绿叶摇缥青。丹华灼烈烈,帷彩有光荣。光好晔流离,可以戏淑灵。有鸟飞来集,树翼以悲鸣。悲鸣夫何为,丹华实不成。拊心长叹息,无子当归宁。有子月经天,无子若流星。天月相终始,流星没无精。栖迟失所宜,下与瓦石并。忧怀从中来,叹息通鸡鸣。反侧不能寐,逍遥于前庭。踟蹰还入房,肃肃帷幕声。褰帷更摄带,抚弦弹素筝。慷慨有余音,要妙悲且清。收泪长叹息,何以负神灵。招摇待霜露,何必春夏成。晚获为良实,愿君且安宁。"

晚获为良实,愿君且安宁。"盖因无子被休,犹盼有子以自全也。以上三首皆弃妇诗。

16

傅玄《青青河边草篇》①《朝时篇·怨歌行》②叹夫出不归,《苦相篇·豫章行》③叹怜新弃旧,《明月篇》④预愁色衰

---

① 《青青河边草篇》:"青青河边草,悠悠万里道。草生在春时,远道还有期。春至草不生,期尽叹无声。感物怀思心,梦想发中情。梦君如鸳鸯,比翼云间翔。既觉寂无见,旷如参与商。河洛自用固,不如中岳安。回流不及返,浮云往自还。悲风动心思,悠悠谁知者。悬景无停居,忽如驰驷马。倾耳怀音响,转目泪双堕。生存无会期,要君黄泉下。"

② 《朝时篇·怨歌行》:"昭昭朝时日,皎皎晨明月。十五入君门,一别终华发。同心忽异离,旷如胡与越。胡越有会时,参辰辽且阔。形影无仿佛,音声寂无达。纤弦感促柱,触之哀声发。情思如循环,忧来不可遏。涂山有余恨,诗人咏采葛。蜻蛚吟床下,回风起幽闼。春荣随露落,芙蓉生木末。自伤命不遇,良辰永垂别。已尔可奈何,譬如纨素裂。孤雌翔故巢,星流光景绝。魂神驰万里,甘心要同穴。"

③ 《苦相篇·豫章行》:"苦相身为女,卑陋难再陈。儿男当门户,堕地自生神。雄心志四海,万里望风尘。女育无欣爱,不为家所珍。长大逃深室,藏头羞见人。无泪适他乡,忽如雨绝云。低头和颜色,素齿结朱唇。跪拜无复数,婢妾如严宾。情合同云汉,葵藿仰阳春。心乖甚水火,百恶集其身。玉颜随年变,丈夫多好新。昔为形与影,今为胡与秦。胡秦时相见,一绝逾参辰。"

④ 《明月篇》:"皎皎明月光,灼灼朝日晖。昔为春茧丝,今为秋女衣。丹唇列素齿,翠彩发蛾眉。娇子多好言,欢合易为姿。玉颜盛有时,秀色随年衰。常恐新间旧,变故兴细微。浮萍无根本,非水将何依?忧喜更相接,乐极自还悲。"

爱弛,以上诸篇皆代女子作。

17

傅玄《和班氏诗》①乃咏秋胡戏妻故事。而曰《和班氏诗》,则"秋胡诗"必为班氏首创。班氏殆即婕妤。

18

张华《杂诗二首》②乃代女咏王孙不归。

---

① 《和班氏诗》:"秋胡纳令室,三日宦他乡。皎皎洁妇姿,泠泠守空房。嫌婉不终夕,别如参与商。忧来犹四海,易感难可防。人言生日短,愁者苦夜长。百草扬春华,攘腕采柔桑。素手寻繁枝,落叶不盈筐。罗衣翳玉体,回目流彩章。君子倦仕归,车马如龙骧。精诚驰万里,既至两相忘。行人悦令颜,请息此树旁。诱以逢郎喻,遂下黄金装。烈烈贞女忿,言辞厉秋霜。长驱及居室,奉金升北堂。母立呼妇来,欢情乐未央。秋胡见此妇,惕然怀探汤。负心岂不惭,永誓非所望。清浊必异源,鸤凤不并翔。引身赴长流,果哉洁妇肠。彼夫既不淑,此妇亦太刚。"

② 《杂诗二首》其一:"逍遥游春宫,容与绿池阿。白蘋齐素叶,朱草茂丹华。微风摇茝若,增波动芰荷。荣彩曜中林,流馨入绮罗。王孙游不归,修路邈以遐。谁与玩遗芳,伫立独咨嗟。"其二:"荏苒日月运,寒暑忽流易。同好游不存,苔藓远离析。房栊自来风,户庭无行迹。蒹葭生床下,蛛蝥网四壁。怀思岂不隆,感物重郁积。游雁比翼翔,归鸿知接翮。来哉彼君子,无愁徒自隔。"

19

《玉台新咏》卷三乐府《艳歌行》①首句"榑桑升朝晖","榑桑",即"扶桑"。又"丹唇含九秋,妍迹凌七盘"。"《九秋》",歌名,惜今已不传。《全唐诗》吉师老诗②《看蜀女转"昭君变"》有"清词堪叹'九秋'文"句。又"七盘"乃舞名,歌舞对举,由上联可证。

---

① 《艳歌行》:"榑桑升朝晖,照此高台端。高台多妖丽,洞房出清颜。淑貌曜皎日,惠心清且闲。美目扬玉泽,蛾眉象翠翰。鲜肤一何润,彩色若可餐。窈窕多容仪,婉媚巧笑言。暮春春服成,粲粲绮与纨。金雀垂藻翘,琼珮结瑶璠。方驾扬清尘,濯足洛水澜。蔼蔼风云会,佳人一何繁。南崖充罗幕,北渚盈軿轩。清川含藻影,高岸被华丹。馥馥芳袖挥,泠泠纤指弹。悲歌吐清音,雅舞播幽兰。丹唇含'九秋',妍迹凌'七盘'。赴曲迅惊鸿,蹈节如集鸾。绮态随颜变,沈姿无定源。俯仰纷阿那,顾步咸可欢。遗芳结飞飙,浮景映清湍。冶容不足咏,春游良可叹。"
② 吉师老《看蜀女转"昭君变"》:"妖姬未著石榴裙,自道家连锦水滨。檀口解知千载事,清词堪叹'九秋'文。翠眉颦处楚边月,画卷开时塞外云。说尽绮罗当自恨,昭君传意向文君。"

>>> 《全唐诗》吉师老诗《看蜀女转'昭君变'》有"清词堪叹'九秋'文"句。图为明代仇英《明妃出塞图》。

20

　　杨方①《合欢诗》五首，前二首②男女赠答，亦对诗。此对诗上首末联以秦氏自比，秦即秦嘉③。下首末联"徐氏自言至"，乃女自比徐淑以答其夫，故知上首为夫赠妻，下首妻答。从下首"我情与子合，亦如影追身"二句可确认为女子答诗。此合欢诗上下二首实句句相当，句数应同，现上首二十四句，下首二十二句，明缺二句一联。而上首"情至断金石，胶漆未为牢"，下首缺相当之一联。疑原有，抄者脱漏。后三首为杂诗，不类合欢诗，不知何以弄错。

---

　　① 杨方（约1134—约1211），字公回，东晋诗人。现存《合欢诗》五首。
　　② 《合欢诗》其一："虎啸谷风起，尤跃景云浮。同声好相应，同气自相求。我情与子亲，譬如影追躯。食共并根穗，饮共连理杯。衣用双丝绢，寝共无缝裯（乐府作"裯"）。居愿接膝坐，行愿携手趋。子静我不动，子游我无留。齐彼同心鸟，譬此比目鱼。情至断金石，胶漆未为牢。但愿长无别，合形作一躯。生为并身物，死为同棺灰。秦氏自言至，我情不可俦。"其二："磁石招长针，阳燧下炎烟。宫商声相和，心同自相亲。我情与子合，亦如影追身。寝共织成被，絮用同功绵。暑摇比翼扇，寒坐并肩毡。子笑我必哂，子戚我无欢。来与子共迹，去与子同尘。齐彼蛩蛩兽，举动不相捐。（此处疑缺二句）惟愿长无别，合形作一身。生有同室好，死成并棺民。徐氏自言至，我情不可陈。"后三首与主题无关，略。关于第二首所缺之二句，作者以为或是"情至比日月，陵谷未足凭"一类内容。详见《罗音室学术论著》第二卷，第831页：《晋杨方合欢诗发微》。
　　③ 秦嘉（生卒年不详），字士会。妻徐淑。汉末人。今存秦嘉诗六首，徐淑诗一首。《玉台新咏》有秦嘉赠妇诗及徐淑答诗。

荀昶乐府二首①及刘铄杂诗五首之《代孟冬寒气至》均为蝉联体。

刘铄杂诗②题分别为《代行行重行行》《代明月何皎皎》《代青青河畔草》等。此等《代……》歌诗疑是当年文人代市民作以为模范本子，供人（如怨妇）照抄以寄远，初非某人专为其夫或妻之诗。亦如后世之尺牍，其套语可为大众所用，凡庆吊红白喜事即可查尺牍中此类模式以照抄也。《玉台》之编恐亦有作为范本之意。

---

① 荀昶（约公元420年前后在世），字茂祖，刘宋时人。有文集十四卷。乐府二首其一："朝发邯郸邑，暮宿井陉间。井陉一何狭，车马不得旋。邂逅相逢值，崎岖交一言。一言不容多，伏轼问君家。君家诚难知，难知复易博。南面平原居，北趋相如阁。飞楼临夕都，通门枕华郭。入门无所见，但见双栖鹤。栖鹤数十双，鸳鸯群相追。大兄珥金珰，中兄振缨绥。伏腊二来归，邻里生光辉。小弟无所作，斗鸡东陌逵。大妇织纨绮，中妇缝罗衣。小妇无所作，挟瑟弄音徽。大人且却坐，梁尘将欲飞。"（《拟相逢狭路间》）其二："荧荧山上火，迢迢隔陇左。陇左不可至，精爽通寤寐。寤寐衾裯同，忽觉在他邦。他邦各异邑，相逐不相及。迷墟在望烟，木落知冰坚。升朝各自进，谁肯相攀牵。客从北方来，遗我端弋绨。命仆开弋绨，中有隐起珪。长跪读隐珪，词苦声亦凄。上言各努力，下言长相怀。"（《拟青青河边草》）

② 刘铄杂诗共五首。《代孟冬寒气至》："白露秋风始，秋风明月初。明月照高楼，白露皎玄除（疑当作"珠"）。追及凉云起，行见寒林疏。客从远方至，赠我千里书。先叙怀旧爱，末陈久离居。一章意不尽，三复情有余。愿遂平生眷，无使甘言虚。"《代明月何皎皎》："落宿半遥城，浮云蔼曾阙。玉宇来清风，罗帐延秋月。结思想伊人，沉忧怀明发。谁谓行客游，屡见流芳歇。河广川无梁，山高路难越。"《代青青河畔草》："凄凄含露台，肃肃迎风馆。思女御棂轩，哀心彻云汉。端抚悲弦泣，独对明灯叹。良人久徭役，耿介终昏旦。楚楚秋水歌，依依采蘩弹。"《代行行重行行》见13则注。另一首《咏牛女》，略。

22

颜延之①《秋胡诗》②以男女二方口气自述而不作对话式,亦自备一格,可作故事诗读。疑后世故事诗如《花间集》中孙光宪③诸作及赵令畤《商调蝶恋花》④,渊源甚古。延之此诗,尚留云礽一脉也。

---

① 颜延之(384—456),字延年,后人辑有《颜光禄集》。
② 《秋胡诗》:"椅梧倾高凤,寒谷待鸣律。影响岂不怀,自远每相匹。婉彼幽闲女,作嫔君子室。峻节贯秋霜,明艳侔朝日。嘉运既我从,欣愿自此毕。"(其一)"燕居未及好,良人顾有违。脱巾千里外,结绶登王畿。戒徒在昧旦,左右来相依。驱车出郊郭,行路正威迟。存为久离别,没为长不归。"(其二)"嗟余怨行役,三陟穷晨暮。严驾越风寒,解鞍犯霜露。原隰多悲凉,回飚卷高树。离兽起荒蹊,惊鸟纵横去。悲哉游宦子,劳此山川路。"(其三)"迢遥行人远,婉转年运徂。良时为此别,日月方向除。孰知寒暑积,僶俛见荣枯。岁暮临空房,凉风起坐隅。寝兴日已寒,白露生庭芜。"(其四)"勤役从归顾,反路遵山河。昔辞秋未素,今也岁载华。蚕月观时暇,桑野多经过。佳人从所务,窈窕援高柯。倾城谁不顾,弭节停中阿。"(其五)"年往诚思劳,事远阔音形,虽为五载别,相与昧平生。舍车遵往路,凫藻驰目成。南金岂不重,聊自意所轻。义心多苦调,密此金玉声。"(其六)"高节难久淹,朅来空复辞。迟迟前涂尽,依依造门基。上堂拜嘉庆,入室问何之。日暮行采归,物色桑榆时。美人望昏至,惭叹前相持。"(其七)"有怀谁能已,聊вар申苦难。离居殊年岁,一别阻河关。春来无时豫,秋至应早寒。明发动愁心,闺中起长叹。惨凄岁方晏,日落游子颜。"(其八)"高张生绝弦,声急由调起。自昔枉光尘,结言固终始。如何久为别,百行愆诸己。君子失时义,谁与偕没齿。愧彼行露诗,甘之长川汜。"(其九)
③ 孙光宪(901—968),字孟文,自号葆光子,有《北梦琐言》《荆台集》《橘斋集》等,词存八十首。
④ 赵令畤《蝶恋花(商调十二首)》,记张生、莺莺故事。

23

范靖妇《咏五彩竹火笼》:"可怜润霜质,纤剖复豪分。织作回风苣,制为萦绮文。含芳出珠被,曜彩接湘裙。徒嗟金丽饰,岂念昔凌云。"李玉谿《初食笋呈座中》①:"皇都陆海应无数,忍剪凌云一寸心"本此。

24

吴均②《咏少年》,男色之风,公然入咏!

25

费昶③《鼓吹曲·有所思》其二有"帘动忆君来,雷声似

---

① 李商隐《初食笋呈座中》:"嫩箨香苞初出林,于陵论价重如金。皇都陆海应无数,忍剪凌云一寸心。"
② 吴均(469—520),字叔庠。南朝梁时人。其《咏少年》:"董生惟巧笑,子都信美目。百万市一言,千金买相逐。不道参差菜,谁论窈窕淑。愿君捧绣被,来就越人宿。"
③ 费昶(约公元510年前后在世),梁武帝时人,善为乐府,著有文集三卷。《有所思》:"上林乌欲栖,长安日行暮。所思郁不见,空想丹墀步。帘动忆君来,雷声似车度。北方佳丽子,窈窕能回顾。夫君自迷惑,非为妾心妒。"

车度",玉谿"车走雷声语未通"①本此。

26

梁武帝《拟长安有狭斜十韵》②乃反三妇艳辞为三息辞。"息"为"子",当时俗语,见任昉弹刘整文注引列文③。又其《拟明月照高楼》④,乃代女子立言。末联"愿为铜铁砮,以感长乐前",此比喻亦新奇。

---

① 李商隐《无题二首》之一:"凤尾香罗薄几重,碧文圆顶夜深缝。扇裁月魄羞难掩,车走雷声语未通。曾是寂寥金烬暗,断无消息石榴红。斑骓只系垂杨岸,何处西南待好风?"
② 萧衍(464—549),字叔达,梁武帝。其《拟长安有狭斜十韵》:"洛阳有曲陌,陌曲不通驿。忽逢二少童,扶辔问君宅。君宅邯郸右,易忆复可知。大息组细缊,中息佩陆离,小息尚青绮,总卯游南皮。三息俱入门,家臣拜门垂。三息俱升堂,旨酒盈千卮。三息俱入户,户内有光仪。大妇理金翠,中妇事么觿,小妇独闲暇,调笙游曲池。丈人少徘徊,风吹方参差。"
③ 详见《罗音室学术论著》第一卷,第368页;《齐梁白话文》附录《释列》。
④ 《拟明月照高楼》:"圆魄当虚阆,清光流思筵。筵思照孤影,凄怨还自怜,台镜早生尘,匣琴又无弦。悲慕屡伤节,离忧亟华年。君如东梧景,妾似西柳烟。相去既路迥,明晦亦殊悬。愿为铜铁砮,以感长乐前。"

27

萧纲①《和徐录事见内人作卧具》②有"缝用双针缕,絮是八蚕绵。"吾乡缫丝多用"七蚕",此云八蚕,亦工业史上颇有趣味之材料。又《戏赠丽人》③云:"罗裙宜细简,画屧重高墙。"裙曰"细简",乃百褶也。"画屧重高墙",古代高跟鞋之高如此。又《和湘东王名士悦倾城》④云"履高疑上砌",则不但屧高,履亦高跟可知也。

28

萧纲《执笔戏书》曰:"舞女及燕姬,倡楼复荡妇,参差

---

① 萧纲(503—551),即梁简文帝,字世缵,著作有后人辑本。
② 《和徐录事见内人作卧具》:"密房寒日晚,落照度窗边。红帘遥不隔,轻帷半卷悬。方知纤手制,讵减缝裳妍。龙刀横膝上,画尺堕衣前。熨斗金涂色,簪管白身缠。衣裁合欢褶,文作鸳鸯连。缝用双针缕,絮是八蚕绵。香和丽丘蜜,麝吐中台烟。已入琉璃帐,兼杂泰华毡。具共雕炉暖,非同团扇捐。更恐从军别,空床徒自怜。"
③ 《戏赠丽人》:"丽姐与妖嬿,共拂可怜妆。同安鬟里拨,异作额间黄。罗裙宜细简,画屧重高墙。含羞未上砌,微笑出长廊。取花争闲锾,攀枝念蕊香。但歌聊一曲,鸣弦未息张。自矜心所爱,三十侍中郎。"
④ 《和湘东王名士悦倾城》:"美人称绝世,丽色譬花丛,虽居李城北,住在宋家东。教歌公主第,学舞汉成宫。多游淇水上,好在凤楼中。履高疑上砌,裾开持(拟为"特"之误)畏风。衫轻见跳脱,珠慨杂青虫。垂丝绕帷幔,落日度房栊。妆窗隔柳色,井水照桃红。非怜江浦珮,羞使春闱空。"

'大庋发',摇曳'小垂手'。钓竿蜀国弹,新城折杨柳。玉案西王桃,螽杯石榴酒。甲乙罗帐异,辛壬房户晖。夜夜有明月,时时怜更衣。""大庋发"当系曲名,"发",疑当作"拨"。"大庋发"与舞名"小垂手"相对。下联亦然,上为曲名,下为舞名。"折杨柳"为曲名,当亦系舞名。末句用卫子夫故事①,极昵亵。

29

《玉台新咏》卷七末首《闺妾寄征人》②曰:"敛色金星聚,萦悲玉筯流。愿君看海气,忆妾上高楼。""金星"喻眼,"玉筯"喻泪,在当时皆清新生动,故是上品。后人滥套典故,遂成陈言。又按"金星"或指额上金钿,若然则金钿不止一个,必在二个以上,方可言聚。当再考之。三四句谓看海气可见蜃楼。

---

① 《汉书·外戚传第六十七上》:"孝武卫皇后字子夫,生微也。其家号曰卫氏,出平阳侯邑。子夫为平阳主讴者。武帝即位,数年无子。平阳主求良家女十余人,饰置家。帝祓霸上,还过平阳主。主见所侍美人习帝不说。既饮,讴者进,帝独说子夫。帝起更衣,子夫侍尚衣轩中,得幸。还坐欢甚,赐平阳主金千斤。主因奏子夫送入宫。"
② 此诗作者存疑。《玉台新咏》排在卷七末,武陵王萧纪诗三首之后,有注:"目作三首,此首疑衍。"

30

萧子显①乐府《日出东南隅行》②有"单衣鼠毛织"句,鼠毛织衣,前史所无。又《代乐府美女篇》③云:"繁秾既为李,照水亦成莲。""李",谐"侣";"莲",谐"怜"也。

31

刘孝威④《郡县遇见人织率尔寄妇》云:"妖姬含怨情,织素起秋声。度梭环玉动,踏蹑佩珠鸣。经稀疑杼涩,纬断恨丝轻。蒲桃始欲罢,鸳鸯犹未成。云栋共徘徊,纱窗相向

---

① 萧子显(487—535),字景阳。南朝梁时人。
② 《日出东南隅行》:"大明上苕苕,阳城射凌霄。光照窗中妇,绝世同阿娇。明镜盘龙刻,簪羽凤凰雕。逶迤梁家髻,冉弱楚宫腰。轻纨杂重锦,薄鄃间飞绡。三六前年暮,四五今年朝。蚕园拾芳茧,桑陌采柔条。出入东城里,上下洛西桥。忽逢车马客,飞盖动镳铰。单衣鼠毛织,宝剑羊头销。丈夫疲应对,御者辍衔镳。柱间徒脉脉,垣上几翘翘。女本西家宿,君自上宫要。汉马三万匹,夫婿仕嫖姚。鞶囊虎头绶,左珥凫卢貂。横吹龙钟管,奏鼓象牙箫。十五张内侍,十八贾登朝。皆笑颜郎老,尽讶董公超。"
③ 《代乐府美女篇》:"邯郸暂辍舞,巴姬请罢弦。佳人淇洧上,艳赵复倾燕。繁秾既为李,照水亦成莲。朝沽成都酒,暝数河间钱。余光幸未借,兰膏空自煎。"
④ 刘孝威(496—549),名不详,字孝威,南朝梁诗人、骈文家。

开。窗疏眉语度,纱轻眼笑来。眬眬隔浅纱,的的见妆华。镂玉同心藕,列宝连枝花。红衫向后结,金簪临鬓斜。机顶挂流苏,机旁垂结珠。青丝引伏兔,黄金绕鹿卢。艳彩裾边出,芳脂口上渝。百城交问道,五马共踟蹰。直为闺中人,守故不要新。梦啼渍花枕,觉泪湿罗巾。独眠真自难,重衾犹觉寒,逾忆凝脂暖,弥想横陈欢。行驱金络骑,归就城南端。城南稍有期,想子亦劳思。罗襦久应罢,花钗堪更治。新妆莫点黛,余还自画眉。"此诗别致。织女挑情,心牵室妇,坦陈所见,寸心无愧。结语尤见深情。又"红衫向后结"一句,疑是红抹胸,故向后结。

32

徐君蒨《共内人夜坐守岁》①云:"酒中挑喜子,粽里觅杨梅。"守岁食粽,一奇;粽里有杨梅,二奇;杨梅可藏至冬天,三奇。

---

① 《共内人夜坐守岁》:"欢多情未极,赏至莫停杯。酒中挑喜子,粽里觅杨梅。帘开风入帐,烛尽炭成灰。勿疑鬓钗重,为待晓光来。"徐君蒨,南朝梁时人。

33

鲍泉①的是可人,六朝有此,弥觉可贵。其《南苑看游者》云:"洛阳小苑地,车马盛经过。缘沟驻行幌,傍柳转鸣珂。履高含响珮,袜轻半隐罗。浮云无处所,何用转横波。"《西厢》"你看他脚跟儿把心事传"②,本"履高"二句化出。

34

沈约③八咏之《被褐守山东》云:"守山东,山东万岭郁青葱。两溪共一写,水洁望如空。岸侧青莎被,岩间丹桂丛。上瞻既隐轸,下睇亦溟蒙。远林响咆兽,近树聒鸣虫。路带若溪右,涧吐金华东。万仞倒危石,百丈注悬丛。掣曳

---

① 鲍泉(生卒年不详),字润岳,晋时人。
② 《西厢记》一本一折:"〔后庭花〕若不是衬残红芳径软,怎显得步香尘底样儿浅。且休提眼角儿留情处,只这脚踪儿将心事传。慢俄延,投至到栊门儿前面,刚挪了一步远。刚刚的打个照面,风魔了张解元,似神仙归洞天。空余下杨柳烟,只闻得鸟雀喧。"
③ 沈约(441—513),字休文,吴兴武康(今浙江湖州德清)人,南朝史学家、文学家。后人又称隐侯。他总结前人声韵研究成果,创声律论。有后人辑《沈隐侯集》。

泻流电,奔飞似白虹。洞井含清气,漏穴吐飞风。玉窦膏滴沥,石乳室空笼。峭崿涂弥险,崖岨步才通。余舍平生之所爱,欻暮年而逢此。愿一去而不还,恨邹衣之未褫。揖林壑之清旷,事氓俗之纷诡。幸帝德之方升,值天网之未毁。既除旧而布新,故化民而俗徙。播赵俗以南徂,扇齐风以东靡。乳雉方可驯,流蝗庶能弭。清心矫世浊,俭政革民侈。秩满抚白云,淹留事芝髓。"南朝山水诗,此为上乘。

35

沈约《六忆辞》①"相见乃忘饥",用《诗经》②。"笑时应莫比,嗔时更可怜",《西厢记》之"宜笑宜嗔"③本此。

---

① 《六忆辞》其一:"忆来时,灼灼上阶墀。勤勤叙离别,慊慊道相思。相看常不足,相见乃忘饥。"其二:"忆坐时,黯黯罗帐前。或歌四五曲,或弄两三弦。笑时应莫比,嗔时更可怜。"(《词品》引)

② 《诗·周南·汝坟》:"未见君子,惄如调饥。"毛传:"惄,饥意也。调,朝也。"郑笺:"惄,思也,未见君子之时,如朝饥之思食。"《诗经》中以食欲比性欲,还有《郑风·狡童》《唐风·有杕之杜》《曹风·候人》《陈风·衡门》等。参见《罗音室学术论著》第一卷,第263—268页。

③ 《西厢记》一本一折:"(上马娇)这的是兜率宫,休猜做了离恨天。呀,谁想着寺里遇神仙!我见他宜笑宜嗔春风面,偏宜贴翠花钿。"

36

谢灵运①《东阳溪中赠答二首》:"可怜谁家妇,缘流洒素足。明月在云间,迢迢不可得。""可怜谁家郎,缘流乘素舸。但问情若为,月就云中堕。"此与女子赠答诗,有《诗经》风味。

37

《近代西曲歌》"阳叛儿"云:"暂出白门前,杨柳可藏乌。郎作沉水香,侬作博山炉。"杨柳藏乌,博炉烧香。柳喻腰支,"烧"声谐"骚",二联均极昵亵,然蕴藉不露。

---

① 谢灵运(385—433),世称谢康乐,又称谢客。后人辑有诗文集。

>>> 谢灵运有《东阳溪中赠答二首》。图为清代上官周《庐山观莲》,中坐者一般认为是谢灵运。

38

沈佺期《古意》①每句独立,似与上下文不相涉,然统首浑成,首句与第四句相关,故全首振起,由此线索知全首思想固自贯串也。

39

李白诗《金乡送韦八之西京》②中"狂风吹我心,西挂咸阳树",乃用印度典故。按《大藏经》:《鳖猕猴经》述猴与鳖为友,一日鳖谀猴智慧,欲食其心以助其智。猴乃告以当其入水之前已将心挂于树上,鳖既欲食,当取以相飨,因此得脱险出水。此故事至今印民间犹流传,但易鳖为鳄鱼。

---

① 《古意》即《独不见》:"卢家少妇郁金堂,海燕双栖玳瑁梁。九月寒砧催木叶,十年征戍忆辽阳。白狼河北音书断,丹凤城南秋夜长。谁谓含愁独不见,更教明月照流黄。"沈佺期(约 656—714),字云卿,明人辑有《沈佺期集》。

② 《金乡送韦八之西京》:"客从长安来,还归长安去。狂风吹我心,西挂咸阳树。此情不可道,此别何时遇。望望不见君,连山起烟雾。"李白(701—762),字太白,号青莲居士,有《李太白集》。

>>> 李白诗《金乡送韦八之西京》中"狂风吹我心,西挂咸阳树",乃用印度典故。图为宋代梁楷《李白行吟图》。

40

李白《感时留别从兄徐王延年从弟延陵》①:"梦得'春草'句,将非惠连?谁?"五字半句中竟作二问话,非李白不克为此。

41

李白敬亭山诗②,三四句乃作歇后语(反语),正谓世上

---

① 《感时留别从兄徐王延年从弟延陵》:"天籁何参差,噫然大块吹。玄元苞橐籥,紫气何逶迤。七叶运皇化,千龄光本枝。仙风生指树,大雅歌螽斯。诸王若鸾虬,肃穆列潘维。哲兄锡茅土,圣代罗荣滋。九卿领徐方,七步继陈思。伊昔全盛日,雄豪动京师。冠剑朝凤阙,楼船侍龙池。鼓钟出朱邸,金翠照丹墀。君王一顾盼,选色献蛾眉。列戟十八年,未曾辄迁移。大臣小喑呜,谪窜天南垂。长沙不足舞,贝锦且成诗。佐郡浙江西,病闲绝驱驰。阶轩日苔藓,鸟雀噪檐帷。时乘平肩舆,出入畏人知。北宅聊偃憩,欢愉恤茕嫠。羞言梁苑地,烜赫耀旌旗。兄弟八九人,吴秦各分离。太贤达机兆,岂独虑安危。小子谢麟阁,雁行忝肩随。令弟字延陵,凤毛出天姿。清英神仙骨,芬馥茝兰蕤。梦得春草句,将非惠连谁。深心紫河车,与我特相宜。金膏犹罔象,玉液尚磷缁。优枕寄宾馆,宛同清漳湄。药物多见馈,珍羞亦兼之。谁道浜渤深,犹言浅恩慈。鸣蝉游子意,促织念归期。骄阳何太赫,海水烁龙龟。百川尽凋枯,舟楫阁中逵。策马摇凉月,通宵出郊坼。泣别目眷眷,伤心步迟迟。愿言保明德,王室伫清夷。掺袂何所道,援毫投此辞。"

② 《独坐敬亭山》:"众鸟高飞尽,孤云独去闲。相看两不厌,只有敬亭山。"

俗客,相对即"厌"也。"飞鸟""闲云"皆是废话,何处无鸟,何山无云,而必欲对敬亭山始见之乎?

42

《才调集》①有太白《寒女吟》②,以土话入诗,且用为韵。

43

韦庄选《又玄集》③载崔颢《黄鹤楼》诗,题下自注黄鹤乃人名。首句作"昔人已乘白云去"。此晚唐人所见,皆合情理,似胜他本。

---

① 唐韦縠选唐人诗集。
② 《寒女吟》:"昔君布衣时,与妾同辛苦。一拜五官郎,便索邯郸女。妾欲辞君去,君心便相许。妾读蘼芜书(诗?),悲歌泪如雨。忆昔嫁君时,曾无一夜乐。不是妾无堪,君家妇难作。起来强歌舞,纵好君嫌恶。下堂辞君去,去后悔遮莫。"
③ 《又玄集》载崔颢《黄鹤楼(注:黄鹤乃人名也)》:"昔人已乘白云去,此处空余黄鹤楼。黄鹤一去不复返,白云千载空悠悠。晴川历历汉阳树,春草萋萋鹦鹉洲。日暮乡关何处是,烟波江上使人愁。"崔颢(?—754),《全唐诗》存其诗一卷。

44

杜①诗《登高》②情调不是消沉,是悲凉。不能希望乱世中古人也能积极鼓动他们的子孙搞"四化"。若用此标准,则古今悲剧都要一笔勾销了。杜诗亦有败句,如"萧条异代不同时"③,"异代"岂能"同时"?又如"臣甫愤所切"④。

45

李益⑤诗"莫遣只轮归海窟"一句,"只轮"典故在《春秋公羊传》"僖公三十三年秦晋殽之战"⑥。"海窟",《汉书》卷

---

① 即杜甫(712—770),字子美,自称少陵野老,曾任工部员外郎,世称杜工部。有《杜工部集》。
② 《登高》:"风急天高猿啸哀,渚清沙白鸟飞回。无边落木萧萧下,不尽长江滚滚来。万里悲秋常作客,百年多病独登台。艰难苦恨繁霜鬓,潦倒新停浊酒杯。"
③ 《咏怀古迹五首》其二:"摇落深知宋玉悲,风流儒雅亦吾师。怅望千秋一洒泪,萧条异代不同时。江山故宅空文藻,云雨荒台岂梦思。最是楚宫俱泯灭,舟人指点到今疑。"
④ 《北征》诗:"东胡反未已,臣甫愤所切。"
⑤ 李益(748—827),字君虞,有《李君虞诗集》。其《塞下曲》:"伏波唯愿裹尸还,定远何须生入关。莫遣只轮归海窟,仍留一箭射天山。"
⑥ 《公羊传》:晋人与姜戎要之殽而击之,匹马只轮无反者。

五十五《霍去病传》:"票骑将军去病率师……登临翰海,执讯获丑七万有(又)四百四十三级。此指霍破匈奴之役,则匈奴有翰海,后世写作瀚海。海窟即指翰海之窟,其地去祁连山不远。"祁连山,师古注:"即天山也。"则与李益诗下句正相合。又《后汉书》卷二十三《窦宪传》:"……乃拜宪车骑将军。……与北单于战于稽落山,大破之。……追击诸部,遂临私渠比鞮海。"又同卷班固燕然山《纪功碑铭》:"铄王师兮征荒裔,剿凶虐兮截海外。"后窦宪部下吴汜、梁枫招降匈奴万余人,"遂及单于于西海上"。据上资料,"海窟"指匈奴老巢无疑。

46

自于鹄《送唐中丞入道》①知唐代贵族亦可有阉童,不仅帝室如此。封建统治者之罪恶令人发指。

---

① 《送唐中丞入道》:"年老功臣乞罢兵,玉阶匍匐进双旌。朱门鸳瓦为仙观,白领狐裘出帝城。侍婢休梳宫样髻,阉童新改道家名。到时漫发春泉里,犹梦红楼箫管声。"于鹄(?—约814),唐大历、贞元间人。

47

唐朱湾①有《咏三》诗,每句皆含三字之典。见钱曾《读书敏求记》卷四"《中兴间气集》二卷"一条。后人不稔诗意,妄改原题为《咏玉》。其诗曰:"献玉屡招疑(楚人三献玉),终朝省复思(三省吾身,三思而行)。既哀黄鸟兴(三良诗),还复白圭诗(三复斯言)。请益先求友(益者三友),将行必择师(三人行必有吾师)。谁知不鸣者(三年不鸣),独下董生帷(三年不窥园)。"又其咏双陆②、咏壁上酒瓢诗③皆为后世诗谜之滥觞。

48

常非月《咏谈容娘》:"举手整花钿,翻身舞锦筵。马围行处匝,人压看场圆。歌要齐声和,情教细语传。不知心大小,容得许多怜。"此首绝异凡响。

---

① 朱湾(生卒年不详),字巨川,自号沧州子,中唐时人。
② 《咏双陆骰子》:"采采应缘白,钻心不为名。掌中犹可重,手下莫言轻。有对惟求敌,无私直任争。君看一掷后,当取擅场声。"
③ 《咏壁上酒瓢呈萧明府》:"不是难提挈,行藏固有期。安身未得所,开口欲从谁。应物心无倦,当垆柄会持。莫将成废器,还有对樽时。"

49

蒋维翰《怨歌》①末句"要自狂夫不忆家","要自"意为"只有""却是"或"偏独"之类,当是唐人俗语。元曲中有"兀自"一语,庶几近之。

又《才调集》选无名氏《杂词》有"况伊如燕这身材"②,可见唐人已用"这"字。

50

世称杜甫为"诗史",然杜诗感慨多而纪事少,"三吏"③为纪事,"三别"④则为概括。不如韩愈⑤多记异事,如《初南食》⑥

---

① 《怨歌》:"百尺珠楼临狭斜,新妆能唱美人车。皆言贱妾红颜好,要自狂夫不忆家。"
② 《杂词》:"悔将泪眼向东开,特地愁从望里来。三十六峰犹不见,况伊如燕这身材。"
③ 即《新安吏》《石壕吏》《潼关吏》三首。
④ 即《新婚别》《垂老别》《无家别》三首。
⑤ 韩愈(768—824),字退之,世称韩昌黎。著有《昌黎先生集》。
⑥ 《初南食贻元十八协律》:"鲎实如惠文,骨眼相负行。蚝相黏为山,百十各自生。蒲鱼尾如蛇,口眼不相营。蛤即是虾蟆,同实浪异名。章举马甲柱,斗以怪自呈。其余数十种,莫不可叹惊。我来御魑魅,自宜味南烹。调以咸与酸,芼以椒与橙。腥臊始发越,咀吞面汗骍。惟蛇旧所识,实惮口眼狞。开笼听其去,郁屈尚不平。卖尔非我罪,不屠岂非情。不祈灵珠报,幸勿嫌怨并。聊歌以记之,又以告同行。"

>>> 世称杜甫为"诗史",然杜诗感慨多而纪事少,"三吏"为纪事,"三别"则为概括。图选自清朝王时敏《杜甫诗意图册》。

《华山女》①之类,于当时风俗、人情、社会活动多所描述。

又:《华山女》一诗,可证当时女冠实为一特种妓女,盖为自古相传宗教妓女之一种。

51

昌黎《人日城南登高》②《南溪始泛》③等游观写景之诗,

---

① 《华山女》:"街东街西讲佛经,撞钟吹螺闹宫庭。广张罪福资诱胁,听众狎恰排浮萍。黄衣道士亦讲说,座下寥落如明星。华山女儿家奉道,欲驱异教归仙灵。洗妆拭面著冠帔,白咽红颊长眉青。扫除众寺人迹绝,骅骝塞路连辎軿。观中人满坐观外,后至无地无由听。抽簪脱钏解环佩,堆金叠玉光青荧。天门贵人传诏召,六宫愿识师颜形。玉皇领首许归去,乘龙驾鹤来青冥。豪家少年岂知道,来绕百匝脚不停。云窗雾阁事恍惚,重重翠幕深金屏。仙梯难攀俗缘重,浪凭青鸟通丁宁。"

② 《人日城南登高》:"初正候才兆,涉七气已弄。霭霭野浮阳,晖晖水披冻。圣朝身不废,佳节古所用。亲交既许来,子侄亦可从。盘蔬冬春杂,尊酒清浊共。令征前事为,觞咏新诗送。扶杖凌圮址,刺船犯枯葑。恋池群鸭回,释峤孤云纵。人生本坦荡,谁使妄倥偬。直指桃李阑,幽寻宁止重。"

③ 《南溪始泛三首》:"榜舟南山下,上上不得返。幽事随去多,孰能量近远。阴沉过连树,藏昂抵横坂。石粗肆磨砺,波恶厌牵挽。或倚偏岸渔,竟就平洲饭。点点暮雨飘,梢梢新月偃。余年惊无几,休日怆已晚。自是病使然,非由取高蹇。""南溪亦清驶,而无楫与舟。山农惊见之,随我观不休。不惟儿童辈,或有杖白头。馈我笼中瓜,劝我此淹留。我云以病归,此已颇自由。幸有用余俸,置居在西畴。困仓米谷满,未有旦夕忧。上去无得得,下来亦悠悠。但恐烦里间,时有缓急投。愿与同社人,鸡豚燕春秋。""足弱不能步,自宜收朝迹。羸形可與致,佳观安事掷。即此南坂下,久闻有水石。拕舟入其间,溪流正清激。随波吾未能,峻濑乍可刺。鹭起若导吾,前飞数十尺。亭亭柳带沙,团团松冠壁。归时还尽夜,谁谓非事役。"

学谢灵运;《送诸葛觉往随州读书》①《南山有高树行》②学陶、学鲍、学《选》③诗,学李、杜④者极少。盖韩知李、杜亦自陶、鲍及南朝诸家衍出,即欲学李、杜,亦必先探其本源也。瓯北⑤以为"韩昌黎生平所心摹力追者,唯李、杜二公",此见陋矣。

---

① 《送诸葛觉往随州读书》:"邺侯家多书,插架三万轴。一一悬牙签,新若手未触。为人强记览,过眼不再读。伟哉群圣文,磊落载其腹。行年五十余,出守数已六。京邑有旧庐,不容久食宿。台阁多官员,无地寄一足。我虽官在朝,气势日局缩。屡为丞相言,虽恳不见录。送行过浐水,东望不转目。今子从之游,学问得所欲。入海观龙鱼,矫翩逐黄鹄。勉为新诗章,月寄三四幅。"

② 《南山有高树行赠李宗闵》:"南山有高树,花叶何衰衰。上有凤皇巢,凤皇乳且栖。四旁多长枝,群鸟所托依。黄鹄据其高,众鸟接其卑。不知何山鸟,羽毛有光辉。飞飞择所处,正得众所希。上承凤皇恩,自期永不衰。中与黄鹄群,不自隐其私。下视众鸟群,汝徒竟何为。不知挟丸子,心默有所规。弹汝枝叶间,汝翅不觉摧。或言由黄鹄,黄鹄岂有之。慎勿猜众鸟,众鸟不足猜。无人语凤皇,汝屈安得知。黄鹄得汝去,婆娑弄毛衣。前汝下视鸟,各议汝瑕疵。汝岂无朋匹,有口莫肯开。汝落蒿艾间,几时复能飞?哀哀故山友,中夜思汝悲。路远翅翎短,不得持汝归。"

③ 陶指陶潜,鲍指鲍照(?—466),字明远,有后人辑《鲍参军集》,《选》指萧统编《文选》。

④ 指李白、杜甫。

⑤ 赵翼《瓯北诗话》卷三第一则。赵翼(1717—1814),字云崧,号瓯北,与袁枚、蒋士铨合称"乾隆三大家"。

52

韩诗中最可厌者为热中鄙倍,如《示儿》①之类,令人作呕。又如《元和圣德诗》②,细写残杀小儿女之惨酷情状,而以赞赏之笔写之,不掩其津津有味之态。其残忍不仁之心,令人发指。此诗乃名为"圣德",真足以见封建统治者之道德标准矣。今人读其诗见此"圣德"二字真成绝大讽刺。而当时及后世谈诗者无人以为非。《瓯北诗话》③甚至曲为之辩,可见封建道德之令人堕落麻木,一至于此!

---

① 《示儿》:"始我来京师,止携一束书。辛勤三十年,以有此屋庐。此屋岂为华,于我自有余。中堂高且新,四时登牢蔬。前荣馔宾亲,冠婚之所于。庭内无所有,高树八九株。有藤娄络之,春华夏阴敷。东堂坐见山,云风相吹嘘。松果连南亭,外有瓜芋区。西偏屋不多,槐榆翳空虚。山鸟旦夕鸣,有类涧谷居。主妇治北堂,膳服适戚疏。恩封高平君,子孙从朝裾。开门问谁来,无非卿大夫。不知官高卑,玉带悬金鱼。问客之所为,峨冠讲唐虞。酒食罢无为,棋槊以相娱。凡此座中人,十九持钧枢。又问谁与频,莫与张樊如。来过亦无事,考评道精粗。趑趄媚学子,墙屏日有徒。以能问不能,其蔽岂可祛。嗟我不修饰,事与庸人俱。安能坐如此,比肩于朝儒。诗以示儿曹,其无迷厥初。"

② 此为咏唐宪宗时平四川刘辟叛乱之四言长诗,一千又二十四字,略。

③ 《瓯北诗话》卷三,第八则:"《元和圣德诗》叙刘辟被擒,举家就戮,情景最惨。曰:'解脱挛索,夹以砧斧。婉婉弱子,赤立伛偻。牵头曳足,先断腰膂。次及其徒,体骸撑拄。末乃取辟,骇汗如写。挥刀纷纭,争刲脍脯。'苏辙谓其'少蕴藉,殊失《雅》《颂》之体。'张总则谓'正欲使各藩镇闻之畏惧,不敢为逆。'二说皆非也。才人难得此等题以发抒笔力,既以遇之,肯不尽力摹写,以畅其才思耶!此诗正为此数语而作也。"

53

韩诗不如散文,语义重复,即在文中亦为劣作。如《记梦》[①]诗:"神官见我开颜笑,前对一人壮非少。""开颜"即"笑","壮"即"非少",此类句如儿童窗课,令人喷饭。

54

《白氏长庆集》[②]中律绝小诗,初看似平淡浅易,回味却有深意,不独沾溉晚唐,抑亦为宋诗所本。南渡后杨[③]、范[④]诸家,尤与白诗相近,诚斋集中之近似者,可与白诗乱楮叶。唯姜白石有出蓝之胜,味转隽永,则又于同中求异,而又润以江湖之气,有以改作也。惜姜诗不多。

[①] 《记梦》:"夜梦神官与我言,罗缕道妙角与根。挈携陬维口澜翻,百二十刻须臾间。我听其言未云足,舍我先度横山腹。我徒三人共追之,一人前度安不危。我亦平行踢硴航,神完骨蹻脚不掉。侧身上视溪谷盲,杖撞玉版声彭航。神官见我开颜笑,前对一人壮非少。石坛坡陀可坐卧,我手承颏肘拄座。隆楼杰阁磊嵬高,天风飘飘吹我过。壮非少者哦七言,六字常语一字难。我以指撮白玉丹,行且咀嚼行诘盘。口前截断第二句,绰虐顾我颜不欢。乃知仙人未贤圣,护短凭愚邀我敬。我能屈曲自世间,安能从汝巢神山。"
[②] 白居易诗文集。白居易(772—846),字乐天,号香山居士。
[③] 杨万里(1127—1206),字廷秀,号诚斋,有《诚斋集》。
[④] 范成大(1126—1193),字致能,号石湖居士,有《石湖词》。

>>> 韩诗不如散文,语义重复,即在文中亦为劣作。图为近代陈少梅《韩愈像》。

55

《滹南诗话》①云:"张舜民谓乐天《新乐府》几乎骂,乃为《孤愤吟》五十篇以压之。然其诗不传,亦略无称道者。而乐天之作自若也。公诗虽涉浅易,要是大才,殆与元气相侔。而狂斐之徒,仅能动笔,类敢谤伤,所谓'尔曹身与名俱灭,不废江河万古流'也。"②本书编者注曰:张"是师法白居易的,敢于反映社会问题,描写民间疾苦。王若虚对他的批评不恰当"③。此论极谬。王若虚对他批评,乃指他批评白居易,非批评他自己"描写民间疾苦"之诗。且其诗不传,王已言之,岂尔所见? 他不满白居易,正可证明他不是"师法白居易的",王若虚抑张扬白,有何"不恰当"?

56

《长恨歌》④有回护无揭露,"杨家有女初长成,养在深闺人未识",全是谎话,"揭露"云乎哉! 至于说海上仙山,则

---

① 《滹南诗话》,王若虚著。王若虚(1177—1243),字从之,号慵夫。金人,入元后号滹南遗老。有《滹南遗老集》。
② 《滹南诗话》卷下,第二八则。
③ 《六一诗话·白石诗说·滹南诗话》
④ 唐白居易作,咏玄宗与杨贵妃事。

大有文章耳。

57

香山《赠皇甫朗》之一:"艳阳时节又蹉跎,迟暮光阴复若何?一岁平分春日少,百年通计老时多。多中更被愁牵引,少处兼遭病折磨。赖有销忧治闷药,君家浓酎我狂歌。"此第一联即用对偶,又以第五、六句顶第三、四句说下,若单摘五、六句,不见二联,即不知"多中""少里"何所指矣。此又一体也。

58

柳①诗寒江独钓,只在以诗作画,必欲问有无渔翁雪中垂钓,正如问此翁姓张姓李,有何必要?其实雪中垂钓亦可有此事。爱斯基摩人常凿冰取鱼,堆雪作屋,以此语赤道居民,多不信也。若谓柳诗以此发牢骚,真是"杀"风景矣。

---

① 柳宗元(773—819),字子厚,有《柳河东集》。《江雪》:"千山鸟飞绝,万径人踪灭。孤舟蓑笠翁,独钓寒江雪。"

>>> 柳诗寒江独钓,只在以诗作画,必欲问有无渔翁雪中垂钓,正如问此翁姓张姓李,有何必要?图为宋代马远《寒江独钓图》。

吴世昌

59

韩琮①《题商山店》云:"商山驿路几经过,未到仙娥见谢娥。红锦机头抛皓腕,绿云鬟下送横波。佯嗔阿母留宾客,暗为王孙换绮罗。碧涧门前一条水,岂知平地有天河。"此首甚妙。律诗极少如此作法。此女亦可谓发乎情,止乎礼、义者矣。结句惆怅,余味不尽。妙在迥出意外,非读二、三两联时所能料及也。

60

李德裕②《谪岭南道中作》③有"五月畲田收火米"句,据此诗则唐代潮州犹用火种。白居易《东南行》"吏征渔户税,人纳火田租"当即指此。《史记·平准书》即有江南火耕水耨之说,此风至唐渐南移至粤。

---

① 韩琮(生卒年不详),字成封,中唐时人,《全唐诗》存诗一卷。
② 李德裕(787—849),字文饶,《全唐诗》存诗一卷。
③ 《谪岭南道中作》:"岭水争分路转迷,桄榔椰叶暗蛮溪。愁冲雾毒逢蛇草,畏落沙虫避燕泥。五月畲田收火米,三更津吏报潮鸡。不堪肠断思乡处,红槿花中越鸟啼。"

>>> 《史记·平准书》即有江南火耕水耨之说,此风至唐渐南移至粤。图为司马迁像。

61

《唐人选唐诗》（十种）①，仅《又玄集》中有李贺②诗三首，《才调集》一首，余皆不及。李贺不为人重视，至晚唐韦庄始及之。

62

杜牧③咏赤壁④、题四皓庙⑤、题乌江亭⑥三首皆议论卓荦。咏息妫⑦则刻薄无理，责以殉节。耘崧反谓其"不度

---

① 《唐人选唐诗》（十种），其中包括：（一）唐写本《唐人选唐诗》；（二）元结选《箧中集》；（三）殷璠选《河岳英灵集》；（四）芮挺章选《国秀集》；（五）令狐楚选《御览诗》；（六）高仲武选《中兴间气集》；（七）姚合选《极玄集》；（八）韦庄选《又玄集》；（九）韦縠选《才调集》；（十）《搜玉小集》。
② 李贺（790—816），字长吉，世称李昌谷。
③ 杜牧（803—852），字牧之，有《樊川文集》。
④ 《赤壁》："折戟沉沙铁未销，自将磨洗认前朝。东风不与周郎便，铜雀春深锁二乔。"
⑤ 《题商山四皓庙一绝》："吕氏强梁嗣子柔，我于天性岂恩仇。南军不袒左边袖，四老安刘是灭刘。"
⑥ 《题乌江亭》："胜败兵家事不期，包羞忍耻是男儿。江东子弟多才俊，卷土重来未可知。"
⑦ 《题桃花夫人庙》："细腰宫里露桃新，脉脉无言度几春。至竟息亡缘底事，可怜金谷坠楼人。"

时势",以末首为"得风人之旨"①,谬矣。

63

飞卿《惜春词》②"百舌问花花不语",又《才调集》载无名氏杂诗十首,其二有"尽日问花花不语,为谁零落为谁开"③,欧词"泪眼问花花不语"④本此。

64

义山诗对后世影响深远广大。清人如舒位《瓶水斋

---

① 《瓯北诗话》:杜牧之作诗,恐流于平弱,故措词必拗峭,立意必奇辟,多作翻案语,无一平正者。……如《赤壁》云:(略)。《题四皓庙》云:(略)《题乌江亭》云:(略)此皆不度时势,徒作异论,以炫人耳,其实非确论也。惟《桃花夫人庙》云:(略)以绿珠之死,形息夫人之不死,高下自见,而词语蕴藉,不显露讥讪,尤得风人之旨耳。
② 《惜春词》:"百舌问花花不语,低回似恨横塘雨。蜂争粉蕊蝶分香,不似垂杨惜金缕。愿君留得长妖韶,莫逐东风还荡摇。秦女含颦向烟月,愁红带露空迢迢。"
③ 唐严恽《落花》:"春光冉冉归何处,更向花前把一杯。尽日问花花不语,为谁零落为谁开。"
④ 《蝶恋花》:"庭院深深几许?杨柳堆烟,帘幕无重数。玉勒雕鞍游冶处,楼高不见章台路。 雨横风狂三月暮,门掩黄昏,无计留春住。泪眼问花花不语,乱红飞过秋千去。"此词或以为欧阳修作,或以为冯正中作。

>>> 杜牧有《题商山四皓庙一绝》。图为五代王齐翰(款)《商山四皓图卷》。

诗》、孙原湘《天真阁外集》、陈文述《碧城仙馆诗抄》,乃至近世如樊山、湘绮、易君左等,其少作殆皆不出义山范围,虽陈寅恪亦有"短围貂褶称腰细,密卷螺云映额斜"①之句。玉谿风情,固不易为才人所峻拒也。

65

义山《戏赠张书记》②"池光不受月",指水光反射月光,还给天上,正是"不接受"。受,昔人用作"积蓄"解,今吴语储蓄犹称"受几个钱",积檐溜为"受雨水"。"不受月",谓不积蓄月光。

---

① 陈寅恪《昆明翠湖书所见》:"照影桥边驻小车,新妆依约想京华。短围貂褶称腰细,密卷螺云映额斜。赤县尘昏人换世,翠湖春好燕移家。昆明残劫灰飞尽,聊与胡僧话落花。""短围"一联则"已闻佩响知腰细,更辨弦声觉指纤"(义山《楚宫二首》之二)之余韵也。

② 《戏赠张书记》:"别馆君孤枕,空庭我闭关。池光不受月,野气欲沉山。星汉秋方会,关河梦几还。危弦伤远道,明镜惜红颜。古木含风久,平芜尽日闲。心知两愁绝,不断若寻环。"

66

有论者释义山"远书归梦两悠悠,只有空床敌素秋"①,句云:义山所用以抵御此萧索寒冷之素秋的只剩有一张空床而已,床而着一"空"字,是极言其无可用以抵御之物也。按:"空床",即"长簟竟床空"②,乃说明悼亡情景,非所谓除了床以外无有他物也。

67

从之曰:"雨之至细,若有若无者,谓之'梦'。"③据此者玉谿诗"一春梦雨常飘瓦"④,亦只言细雨耳。

---

① 《端居》:"远书归梦两悠悠,只有空床敌素秋。阶下青苔与红树,雨中寥落月中愁。"
② 潘岳《悼亡诗》:"皎皎窗中月,照我室南端。清商应秋至,溽暑随节阑。凛凛凉风升,始觉夏衾单。岂曰无重纩,谁与同岁寒。岁寒无与同,朗月何胧胧。展转眄枕席,长簟竟床空。床空委清尘,室虚来悲风。独无李氏灵,仿佛睹尔容。抚衿长叹息,不觉涕沾胸。沾胸安能已,悲怀从中起。寝兴自存形,遗音犹在耳。上惭东门吴,下愧蒙庄子。赋诗欲言志,零落难俱纪。命也诗奈何,长戚自令鄙。"潘岳(247—300),字安仁。有后人辑《潘黄门集》。
③ 《漫南诗话》卷下,第二九则。
④ 李商隐《重过圣女祠》:"白石岩扉碧藓滋,上清沦谪得归迟。一春梦雨常飘瓦,尽日灵风不满旗。萼绿华来无定所,杜兰香去未移时。玉郎会此通仙籍,忆向天阶问紫芝。"

>>> 千古诗人为杨妃辩护,不如《立春日作》切题。图为元代钱选《杨贵妃上马图》。

68

端己①《立春日作》:"九重天子去蒙尘,御柳无情依旧春。今日不关妃妾事,始知辜负马嵬人。"千古诗人为杨妃辩护,无如此首切题。

69

端己《秦妇吟》②通首借秦妇所说遭遇以述长安乱况,反映江南安康。盖庄以此诗为向周宝进见之词,非真遇秦妇所说如此也。诗后假金天神自白"诛剥生灵",并痛责当

---

① 韦庄(约836—约910),字端己,长安杜陵(今西安)人,晚唐诗人、词人,五代时前蜀宰相,有《浣花集》。
② 《秦妇吟》(节录):"长安寂寂今何有,废市荒街麦苗秀。采樵斫尽杏园花,修寨诛残御沟柳。华轩绣毂皆销散,甲第朱门无一半。含元殿上狐兔行,花萼楼前荆棘满。昔时繁盛皆湮没,举目凄凉无故物。内库烧为锦绣灰,天街踏尽公卿骨。……明朝晓至三峰路,百万人家无一户。破落田园但有蒿,摧残竹树皆无主。路旁试问金天神,金天无语愁于人……案前神水咒不成,壁上阴兵驱不得。闲日徒歆奠飨恩,危时不助神通力。我今愧恧拙为神,且向山中深避匿。……旋教魔鬼傍乡村,诛剥生灵过朝夕。……明朝又过新安东,路上乞浆逢一翁。……老翁暂起欲陈词,却坐支颐仰天哭。……千间仓兮万斯箱,黄巢过后犹残半。自从洛下屯师旅,日夜巡兵入村坞。……入门下马若旋风,罄室倾囊如卷土。家财既尽骨肉离,今日残年一身苦。一身苦兮何足嗟,山中更有千万家。朝饥山上寻蓬子,夜宿霜中卧荻花。"

时主将按兵不肯勤王。又述老人之言洛下屯师较黄巢更凶恶,其撰家戒不许挂此诗乃指此二事,非讳"内库"一联①。唯此联颇佳。(句法仿李白《金陵歌送别范宣》②:"冠盖散为烟雾尽,金舆玉座成寒灰。")为人传咏,遂为人所知。又此诗乃仿《连昌宫词》③,有比之《长恨歌》《琵琶行》,可谓俭腹妄言。

70

端己《丙辰年鄜州遇寒食城外醉吟五首》之五④末云:"隔街闻筑气球声。""筑",打也,古音相同,古无舌上音。

---

① 孙光宪《北梦琐言》::"蜀相韦庄,应举时,遇黄巢犯阙,著《秦妇吟》一篇。内一联云:'内库烧为锦绣灰,天街踏尽公卿骨。'尔后公卿亦多垂讶,庄乃讳之。时人号'秦妇吟秀才'。他日撰家戒:内不许垂《秦妇吟》幛子,以此止谤,亦无及也。"(《韦庄集》引)

② 李白《金陵歌送别范宣》:"石头巉岩如虎踞,凌波欲过沧江去。钟山龙盘走势来,秀色横分历阳树。四十余帝三百秋,功名事迹随东流。白马小儿谁家子,泰清之岁来关囚。金陵昔时何壮哉,席卷英豪天下来。冠盖散为烟雾尽,金舆玉座成寒灰。扣剑悲吟空咄嗟,梁陈白骨乱如麻。天子龙沉景阳井,谁歌玉树后庭花。此地伤心不能道,目下离离长春草。送尔长江万里心,他年来访南山老。"

③ 元稹作长诗,从连昌宫兴废述唐安史之乱前后治乱因由。元稹(779—831),字微之,有《元氏长庆集》,今已不全。

④ 全诗为:"雨丝烟柳欲清明,金屋人闲暖凤笙。永日迢迢无一事,隔街闻筑气球声。"

>>>《秦妇吟》比之《长恨歌》《琵琶行》,可谓俭腹妄言。图为现代傅抱石《琵琶行》。

71

端己《多情》诗云:"一生风月供惆怅,到处烟花恨别离。止竟多情何处好,少年长抱少年悲。""止竟",犹云"毕竟",亦作"至竟"。杜牧诗有云,"至竟息亡缘底事",今语作"到底"。又末句似应作:"老年长抱少年悲。"

72

端己《虎迹》诗:"白额频频夜到门,水边踪迹渐成群。我今避世栖岩穴,岩穴如何又见君。"如此讽刺,不着痕迹。

73

端己《春陌二首》之二:"嫩烟轻染柳丝黄,勾引花枝笑凭墙。马上王孙莫回首,好风今逐羽林郎。"骂尽新贵。

74

端己《春愁》:"自有春愁正断魂,不堪芳草思王孙。落花寂寂黄昏雨,深院无人独倚门。"少游①《忆王孙》②全从此首化出。其首联则出自赵光远《题北里妓人壁》③。

75

章碣④《焚书坑》:"竹帛烟销帝业虚,关河空锁祖龙居。坑灰未冷山东乱,刘项元来不读书。"历来咏史之作,未见有警策如此者。

---

① 秦观(1049—1100),字少游,一字太虚,别号邗沟居士,人称淮海居士,扬州高邮人。有《淮海词》。
② 《忆王孙》:"萋萋芳草忆王孙。柳外楼高空断魂。杜宇声声不忍闻。欲黄昏。雨打梨花空闭门。"
③ 赵光远(生卒年不详,有诗名于唐咸通、乾符间)《题北里妓人壁》:"鱼钥兽环斜掩门,萋萋芳草忆王孙。醉凭青琐窥韩寿,闲掷金梭恼谢鲲。不夜珠光连玉匣,辟寒钗影落瑶尊。欲知肠断相思处,役尽江淹别后魂。"
④ 章碣(生卒年不详),晚唐人。《全唐诗》存诗二十六首。

76

吴融①《浙东筵上有寄》:"襄王席上一神仙,眼色相当语不传。见了又休真似梦,坐来虽近远于天。陇禽有意犹能说,江月无心也解圆。更被东风劝惆怅,落花时节蝶翩翩。"此首颇为天真,唐人集中少见。

77

李洞《赠庞练师》②,此练师是女道士,"练"当为"炼"之讹。

又《才调集》收女道士鱼玄机③诗九首,有八首皆为其情人而作,可证唐代女道士实为变相妓女。

---

① 吴融(850—903),字子华。晚唐人,有《唐英集》。
② 《赠庞练师》:"家住涪江汉语娇,一声歌戛玉楼箫。睡融春日柔金缕,妆发秋霞战翠翘。两脸酒薰红杏妒,半胸苏嫩白云饶。若能携手随仙令,皎皎银河渡鹊桥。"李洞,字才江,晚唐人。
③ 鱼玄机(约844—约871),初名幼微,一字蕙兰,有《鱼玄机诗》。

78

杜荀鹤①《经九华费征君墓》:"凡吊先生者,多伤荆棘间。不知三尺墓,高却九华山。天地有何外,子孙无亦闲。当时若征起,未必得身还。"吊诗如此作,方不平凡。

79

彦谦②诗绝妙而名不大。其佳者不减温、李、杜、韩,而蕴藉有加。

80

彦谦《秋晚高楼》③尾联:"高楼瞪目归鸿远,始信嵇康

---

① 杜荀鹤(846—904)字彦之,号九华山人,有《唐风集》。
② 唐彦谦(生卒年不详),字茂业,自号鹿门山人,晚唐人,有《鹿门集》。
③ 《秋晚高楼》:"松拂疏窗竹映栏,素琴幽怨不成弹。清宵雾极云离岫,紫禁风高露满盘。晚蝶飘零惊宿雨,暮鸦凌乱报秋寒。高楼瞪目归鸿远,始信嵇康欲画难。"

欲画难。"嵇康能画,史乘缺载。亦可能谓欲画嵇康手挥五弦,目送飞鸿之形殊不易也。

81

王涣《惆怅诗》①十二首咏莺莺故事。此唐人诗,已有红娘之名,为《会真诗》《梦游春》②诗所无。则当时必别有传奇流行,为王涣所见。

82

《才调集》卷十有无名氏《琵琶》诗:"粉胸绣臆谁家女,香拨星星共春语。七盘岭上走鸾铃,十二峰头弄云雨。千悲万恨四五弦,弦中甲马声骈阗。山僧扑破琉璃钵,壮士击折珊瑚鞭。珊瑚鞭折声交戛,玉盘倾泻真珠滑。海神驱趁夜涛回,江娥蹙踏春冰裂。满坐红妆尽泪垂,望乡之客不胜悲。曲终调绝忽飞去,洞庭月落孤云归。"此诗或在白居易

---

① 《惆怅诗》之一:"八蚕薄絮鸳鸯绮,半夜佳期并枕眠。钟动红娘唤归去,对人匀泪拾金钿。"
② 均为元稹咏少年时与双文等风流事迹之诗,为《西厢记》之所本。

《琵琶行》之前。其描写音乐之比喻当为白诗所本。

83

宋诗亦有写爱情者,但不如词之明白耳。张耒①有《偶题》二首②,其蕴藉缠绵,不下于崔护"人面桃花"③之诗。白石道人④诗中亦有咏爱情者,不可谓其不写也。又如高翥《无题》⑤亦委曲。

---

① 张耒(1054—1114),字文潜,自号柯山,有《柯山集》。
② 《偶题》二首,其一:"相逢记得画桥头,花似精神柳似柔。莫谓无情即无语,春风传意水传愁。"其二:"春水长流鸟自飞,偶然相值不相知。请君试采中塘藕,若道心空却有丝。"
③ 孟棨《本事诗》:博陵崔护,举进士下第。清明日独游都城南,得居人庄。花木丛翠,寂若无人。扣门求饮。有女子以杯水至,独倚小桃斜柯伫立,而意属殊厚。妖姿媚态,绰有余妍。及来岁清明日,经往寻之。门墙如故,而已锁扃之。因题诗于左扉,曰:"去年今日此门中,人面桃花相映红。人面只今何处去,桃花依旧笑春风。"
④ 即姜夔(约1155—约1221),字尧章,号白石道人,有《白石道人歌曲》。
⑤ 高翥(1170—1241),字九万,号菊磵,宋时人。有《菊磵小集》等。其《无题》:"风竹萧萧淡月明,孤眠真个可怜生。不知昨夜相思梦,去到伊行是几更。"

84

林和靖①《孤山寺端上人房写望》②有联:"秋景有时飞独鸟,夕阳无事起寒烟。"或注曰:寒烟之外什么都没有。误。"无事",无理由,无须乎也,意谓无须起寒烟,即无寒烟也。

85

苏舜钦③《城南感怀呈永叔》:"春阳泛野动,春阴与天低;远林气霭霭,长道风依依。览物虽暂适,感怀翻然移。所见既可骇,所闻良可悲。去年水后旱,田亩不及犁。冬温晚得雪,宿麦生者稀。前去固无望,即日已苦饥。老稚满田野,斫掘寻凫茈。此物近亦尽,卷耳共所资;昔云能驱风,充腹理不疑;今乃有毒厉,肠胃生疮痍。十有七八死,当路横其尸。犬獋咋其骨,鸟鸢啄其皮。胡为残良民,令此鸟兽肥。天岂意如此。泱荡莫可知!高位厌粱肉,坐论搀云霓;岂无富人术,使之长熙熙。我今饥伶俜,悯此复自思:自济

---

① 林逋(967—1028)字君复,隐居不仕,人称"梅妻鹤子"、和靖先生,有《林和靖诗集》。
② 《孤山寺端上人房写望》:"底处凭阑思渺然?孤山塔后阁西偏。阴沉画轴林间寺,零落棋枰葑上田。秋景有时飞独鸟,夕阳无事起寒烟。迟留更爱吾庐近,只待重来看雪天。"
③ 苏舜钦(1008—1048),字子美,有《苏学士文集》。

既不暇,将复奈尔为!愁愤徒满胸,嵘崚不能齐。""泱荡"疑原作"泱漭",张衡《西京赋》,"山谷原隰,泱漭无疆",谢朓《京路夜发》,"晨光复泱漭",谓浩大渺茫而不可知。或注:"莫测高深",乃望文生义。又末二句或解为心里愁愤不平仿佛高山峻岭。按原诗云"不能齐",言愁比山高,山都不能齐其高度,没有说"仿佛","仿佛"则正是"相齐",与原诗意正相反矣。

86

李觏①《苦雨初霁》云:"积阴为患恐沉绵,革去方惊造化权。天放旧光还日月,地将浓秀与山川。泥途渐少车声活,林薄初干果味全。寄语残云好知足,莫依河汉更油然。"选家或注曰:"全"大约是保全的意思。又曰:李觏用字喜欢标新立异,如本诗中"革""活""全"等字。按车轮在湿泥中,其声涩而死,在干地则响,故曰"活"。闻车声活而喜晴,写法含蓄不尽。又雨多则瓜果易长而味淡。晴则果经晒而红,其味甘,亦称味全。明人犹有此语。"保全"云云,全是臆说。此诗"油然"用法别致,用《孟子》②,谓更作云。

---

① 李觏(1009—1059),字泰伯,后人辑有《直讲李先生文集》。
② 《孟子·梁惠王上》:"天油然作云,沛然下雨。"

87

陶商翁①《碧湘门》:"城中烟树绿波漫,几万楼台树影间。天阔鸟行疑没草,地卑江势欲沉山。"李商隐《桂林》②诗:"城窄山将压,江宽地共浮。"此诗末句反其意而用之。

88

文同《织妇怨》③,"不敢辄下机,连宵停火烛",或注"夜里不停纺织,灯也不点"云云。按"停火",谓点灯,我乡有此语,"停火睡",谓点灯睡。唐人诗,"洞房昨夜停红烛"④,

---

① 陶弼(1015—1078),字商翁,有《陶邕州小集》。
② 李商隐《桂林》:"城窄山将压,江宽地共浮。东南通绝域,西北有高楼。神护青枫岸,龙移白石湫。殊乡竟何祷,箫鼓不曾休。"
③ 《织妇怨》:"掷梭两手倦,踏茧双足跰。三日不住织,一匹才可剪。织处畏风日,剪时谨刀尺。皆言边幅好,自爱经纬密。昨朝持入库,何事监官怒。大字雕印文,浓和油墨污。父母抱归舍,抛向中门下。相看各无语,泪迸若倾泻。质钱解衣服,买丝添上轴。不敢辄下机,连宵停火烛。当须了租赋,岂暇恤襦袴?前知寒切骨,甘心肩骭露。里胥踞门限,叫骂嗔纳晚。安得织妇心,变作监官眼!"文同(1018—1079),字与可,号笑笑先生,后人编有《丹渊集》。
④ 朱庆余《近试上张籍水部》:"洞房昨夜停红烛,待晓堂前拜舅姑。妆罢低声问夫婿,画眉深浅入时无?"

"合衣卧时参没后,停灯起在鸡鸣前"①。柳永《戚氏》②:"对闲窗畔,停灯向晓,抱影无眠。"又晏小山《庆春时》之一③下片:"浓薰翠被,深停画烛,人约月西时。"正谓燃烛以待所欢。

荆公④《书湖阴先生壁》:"茅檐长扫静无苔,花木成畦手自栽。一水护田将绿绕,两山排闼送青来。"末二句从五

---

① 王建《织锦曲》:"大女身为织锦户,名在县家供进簿。长头起样呈作官,闻道官家中苦难。回花侧叶与人别,惟恐秋天丝线干。红楼葳蕤紫茸软,蝶飞参差花宛转。一梭声尽重一梭,玉腕不停罗袖卷。窗中夜久睡髻偏,横钗欲堕垂着肩。合衣卧时参没后,停灯起在鸡鸣前。一匹千金亦不卖,限日未成宫里怪。锦江水涸贡转多,宫中尽着单丝罗。莫言山积无尽日,百尺高楼一曲歌。"

② 《戚氏》:"晚秋天。一霎微雨洒庭轩。槛菊萧疏,井梧零乱惹残烟。凄然。望江关。飞云黯淡夕阳间。当时宋玉悲感,向此临水与登山。远道迢递,行人凄楚,倦听陇水潺湲。正蝉吟败叶,蛩响衰草,相应喧喧。 孤馆度日如年。风露渐变,悄悄至更阑。长天净,绛河清浅,皓月婵娟。思绵绵。夜永对景,那堪屈指,暗想从前。未名未禄,绮陌红楼,往往经岁迁延。 帝里风光好,当年少日,暮宴朝欢。况有狂朋怪侣,遇当歌、对酒竟留连。别来迅景如梭,旧游似梦,烟水程何限。念利名、憔悴长萦绊。追往事、空惨愁颜。漏箭移、稍觉轻寒。渐呜咽、画角数声残。对闲窗畔,停灯向晓,抱影无眠。"

③ 《庆春时》:"倚天楼殿,升平风月,彩仗春移。鸾丝凤竹,长生调里,迎得翠舆归。 雕鞍游罢,何处还有心期。浓薰翠被,深停画烛,人约月西时。"

④ 王安石(1021—1086),字介甫,号半山,临川(今江西抚州)人,封荆国公,故后人称其为荆公。北宋思想家、政治家、文学家、改革家。

代沈彬"地隈一水巡城转,天约群山附郭来"①出。沈诗又本唐许浑"山形朝阙去,河势抱关来"②。

90

"春风又绿江南岸"③,此"绿"字实从唐丘为《题农父庐舍》④一诗首二句来,"东风何时至,已绿湖上山"。丘诗又从李白诗《侍从宜春苑奉诏赋龙池柳色初青听新莺百啭歌》⑤:"东风已绿瀛洲草,紫殿红楼觉春好。"

---

① 沈彬(853—957),字子文。所引联为《题零陵法华寺》。
② 《行次潼关题驿后轩》:"飞阁极层台,终南此路回。山形朝阙去,河势抱关来。雁过秋风急,蝉鸣宿雾开。平生无限意,驱马任尘埃。"许浑,字用晦,有《丁卯集》。
③ 王安石《泊船瓜洲》:"京口瓜洲一水间,钟山只隔数重山。春风又绿江南岸,明月何时照我还。"
④ 丘为《题农父庐舍》:"东风何时至,已绿湖上山。湖上春既早,田家日不闲。沟塍流水处,耒耜平芜间。薄暮饭牛罢,归来还闭关。"
⑤ 李白《侍从宜春苑奉诏赋龙池柳色初青听新莺百啭歌》:"东风已绿瀛洲草,紫殿红楼觉春好。池南柳色半青青,萦烟袅娜拂绮城。垂丝百尺挂雕楹,上有好鸟相和鸣,间关早得春风情。春风卷入碧云去,千门万户皆春声。是时君王在镐京,五云垂晖耀紫清。仗出金宫随日转,天回玉辇绕花行。始向蓬莱看舞鹤,还过茝石听新莺。新莺飞绕上林苑,愿入箫韶杂凤笙。"

>>> "春风又绿江南岸",此"绿"字实从唐丘为《题农父庐舍》一诗首二句来,丘诗又从李白诗来。图为王安石像。

91

刘贡父①《蛮请降》诗云:"官军万人宿山下,百姓避兵多旷野。秋来雨足荆棘生,邻里无复归耕者。县官斩敌予金帛,健儿见赏不见贼。闻道杀人多老农,至今过客犹凄恻。"末二句谓官兵不见敌,杀老农以报功。

92

吕南公②《老樵》诗:"何山老翁鬓垂雪,担负樵苏清晓发。城门在望来路长,樵重身羸如疲鳖。皮枯亦复汗淋漓,步强遥闻气鸣咽。同行壮俊常后追,体倦心烦未容歇。街东少年殊傲岸,和袖高扉厉声唤。低眉索价退听言,移刻才蒙酬与半。纳樵收直不敢缓,病妇倚门待朝爨。"此诗第四句谓老翁负重,其背与地面平行,故形如疲鳖。又"低眉"二句从白居易《卖炭翁》末二句③化出。

---

① 刘攽(1023—1089),字贡父,有《彭城集》。
② 吕南公(生卒年不详),字次儒,有《灌园集》。
③ 《卖炭翁》末二句:"半匹红纱一丈绫,系向牛头充炭直。"

93

民瞻《移居东村作》①腹联下句云，"花多晚发地应偏"，或以为指边远地方气候不正，大谬。陶诗："问君何能尔，心远地自偏。""地偏"非谓"边远"，乃在山阴屋角，阳光不足，故花发迟。谓"边远"，何以知东村乃"边远地区"？陶诗又云"始室丧其偏"②，岂指"边远地区"的老婆？下文"气候不正"尤是臆说胡猜。

94

本中《春日即事》③："病起多情白日迟，强来庭下探花期。""花期"，即花信，古人每月分二气六候，每候一花，每节三候，如小寒一候梅花，二候山茶，三候水仙。"探花期"谓

---

① 《移居东村作》："避地东村深几许？青山窟里起炊烟。敢嫌茅屋绝低小，净扫土床堪醉眠。鸟不住啼天更静，花多晚发地应偏。遥看翠竹娟娟好，犹隔西泉数亩田。"王庭珪（1080—1172），字民瞻，自号泸溪老人、泸溪真逸，吉州安福（今属江西）人。

② 陶渊明诗《怨诗楚调呈庞主簿邓治中》中句。

③ 吕本中（1084—1145），字居仁，号紫薇，学者称东莱先生。《紫薇词》有赵万里辑本。《春日即事》："病起多情白日迟，强来庭下探花期。雪消池馆初春后，人倚阑干欲暮时。乱蝶狂蜂俱有意，兔葵燕麦自无知。池边垂柳腰支活，折尽长条为寄谁。"

>>> 陶诗:"问君何能尔,心远地自偏。""地偏"非谓"边远",乃在山阴屋角,阳光不足。图为清代黄慎《爱菊图》中的陶渊明。

考察现在该开那一候的什么花了。

95

本中《柳州开元寺夏雨》:"风雨潇潇似晚秋,鸦归门掩伴僧幽。云深不见千岩秀,水涨初闻万壑流。钟唤梦回空怅望,人传书至竟沉浮。面如'田'字非吾相,莫羡班超封列侯。"颔联用顾恺之①游会稽山后对人语:"千岩竞秀,万壑争流,草木葱茏其上,若云蒸霞蔚。"见《世说》②及《晋书》。传书沉浮用殷洪乔为人寄书,悉沉于水中曰:"沉者自沉,浮者自浮,殷洪乔不为致书邮!"尾联"田字相",据前辈吴雷川③云:未有照相前,前清官吏相人,以"同""官""甲""由"定为四种面型,录于手本,亦藉此审定铨叙调用。

96

李弥逊④《次韵春日即事》:"小雨丝丝欲网春,落花

---

① 顾恺之(348—409),晋名画家。
② 见《世说新语·任诞》。
③ 吴雷川,近人,前清翰林,曾任燕京大学校长。
④ 李弥逊(1085—1153),字似之,有《筠谿集》。

狼藉近黄昏。车尘不到张罗地,宿鸟声中自掩门。"此诗首二句言雨丝欲网春,然而网不住,只剩满地落花了。曾见画家画花瓣落蛛网中,题曰《留春》。

97

曹勋①《出塞》:"闻道南使归,路从城中去。岂如车上瓶,犹挂归去路!引首恐过尽,马疾忽无处。吞声送百感,南望泪如雨。"三句有解作者含意为:"自己这趟差使总算不负君命,只可恨那些该'守'而不该'假'人的土地早已送掉了。"此解穿凿。作者非自白,乃为沦陷地的人设想,他们认为身为汉人,还不如车上挂瓶,北来后犹能归去,故下文有"吞声""南望"之言,与"不负君命""守""假"均不相干。

98

或谓曹勋诗平庸浅率,勋有《送曾纮父还朝》绝句:"借寇何能共此邦,离怀未易寸心降。唯将老泪逐梅雨,

---

① 曹勋(1098—1174),字功显,有《松隐集》。

流入玉溪同一江。"似乎并不平庸浅率。

99

左纬①《避寇即事》"寂寞空山里,黄昏百怪新。鬼沿深涧哭,狐出坏墙嚬。小雨俄成霰,孤灯不及晨。开门谢魑魅,我是太平人。"末二句有解作:妖魔鬼怪别来欺侮,我还能重见太平呢。此说误。乃言今早我犹能开门,还算是"太平人",若昨夜所遇者非"狐""鬼"而是"寇"兵,则今日已成鬼物,非复人矣。

100

《委羽居士集》中《春日晓望》诗:"屋角风微烟雾霏,柳丝无力杏花肥。朦胧数点斜阳里,应是呢喃燕子飞。"或以为题印错,应为"晚望",末句则应作"燕子归"。按"春日晓望"既是本集原题,则显然不误。既是"晓望",故"燕子飞"亦不误。古书非排字本,刻成后无印错之理。其所以为误,盖因第三句"斜阳"二字。斜阳有早晚二次,今人言"斜阳"

---

① 左纬(生卒年不详),字经臣,北宋末南宋初人,有《委羽居士集》。

均指午后,宋人则兼指早阳。周清真《夜飞鹊》①言半夜宴客,清晨送别,别后归来重经旧处:"何意重经前地,兔葵燕麦,向斜阳影与人齐。"此指早晨之斜阳。秦观《踏莎行》②"杜鹃声里斜阳暮",此指下午之斜阳。后人讥秦词语意重复,不知宋人言斜阳可指早阳,故秦观加"暮"字以别之也。此诗首句言雾,亦早晨之景。

101

蕙风③记《瑟榭丛谈》云:"朱淑真④《菊花诗》:'宁可抱香枝上老,不随黄叶舞秋风。'实郑所南《自题画菊》'宁可枝头抱香死,何曾吹落北风中'二语所本。"⑤按:"芙蓉抱香

---

① 《夜飞鹊》:"河桥送人处,良夜何其?斜月远堕余辉。铜盘烛泪已流尽,霏霏凉露沾衣。相将散离会,探风前津鼓,树杪参旗。华骢会意,纵扬鞭、亦自行迟。 迢递路回清野,人语渐无闻,空带愁归。何意重经前地,遗钿不见,斜经都迷。兔葵燕麦,向残阳、影与人齐。但徘徊班草,欷歔酹酒,极望天西。""残阳",《宋四家词选》作"斜阳"。作者以为,疑当作"斜阳"。详见吴世昌《词林新话》第171页、第202页。
② 《踏莎行》:"雾失楼台,月迷津渡。桃源望断无寻处。可堪孤馆闭春寒,杜鹃声里斜阳暮。 驿寄梅花,鱼传尺素。砌成此恨无重数。郴江幸自绕郴山,为谁流下潇湘去。"
③ 况周颐(1859—1926),近代词人。原名周仪,以避宣统帝溥仪讳,改名周颐。字夔笙,一字揆孙,别号玉梅词人,晚号蕙风词隐,临桂(今广西桂林)人。有《蕙风词》《蕙风词话》。
④ 朱淑真(约1135—约1180),号幽栖居士,宋代女词人,有《断肠词》。
⑤ 见《蕙风词话》卷四,第十二则。

死",乃李群玉①句。

102

诚斋《悯农》:"稻云不雨不多黄,荞麦空花早着霜。已分忍饥度残岁,更堪岁里闰添长?""已分",已准备、已认、已拚也。"更堪"一语乃问句。或注"堪"等于"不堪""岂堪"云云,是"打"等于"不打"的翻版,令人绝倒!若云"岂堪",则连上一字变成"更岂堪",尤为笑话。"更堪"二字乃问词,只须加上问号,全句怡然理顺,并无难懂之处。又《插秧歌》②:"笠是兜鍪蓑是甲,雨从头上湿到胛。"或注"尽管戴'盔'披'甲',还淋得一身是水。"按:胛是肩骨,不是"一身是水",有蓑衣不会一身水,但插秧时俯肩,雨从颈上可淋到肩胛骨。又"秧根未牢莳未匝",注为"秧还没插得匀"。按:"未匝"谓"未周""未遍"。若秧已插遍,鹅鸭即不入田,未遍则鹅鸭游于水中,易伤禾苗。故插秧未周时,须注意鹅鸭入田中。

---

① 李群玉《伤思》:"八月白露浓,芙蓉抱香死。红枯金粉堕,寥落寒塘水。西风团叶下,叠縠参差起。不见棹歌人,空垂绿房子。"李群玉(约813—约860),字文山,有《李群玉诗集》。
② 《插秧歌》:"田夫抛秧田妇接,小儿拔秧大儿插。笠是兜鍪蓑是甲,雨从头上湿到胛。唤渠朝餐歇半霎,低头折腰只不答。秧根未牢莳未匝,照管鹅儿与雏鸭。"

放翁①《度浮桥至南台》②尾联:"白发未除豪气在,醉吹横笛坐榕阴。"《后汉书·陈登传》有"元龙湖海之士,豪气未除"语,此许汜评登语。登有扶世救民之志,乃游以登自比。参《杂感庆元四年戊午七十四岁》:"豪气不除狂态作,始知只合死空山。"

又《小园》③:"行遍天涯千万里,却从邻父学春耕。"稼轩④有词云:"却将万字平戎策,换得东家种树书。"⑤

---

① 即陆游。
② 《度浮桥至南台》:"客中多病废登临,闻说南台试一寻。九轨徐行怒涛上,千艘横系大江心。寺楼钟鼓催昏晓,墟落云烟自古今。白发未除豪气在,醉吹横笛坐榕阴。"
③ 陆游《小园》:"小园烟草接邻家,桑柘阴阴一径斜。卧读陶诗未终卷,又乘微雨去锄瓜。村南村北鹁鸠声,水刺新秧漫漫平。行遍天涯千万里,却从邻父学春耕。"
④ 辛弃疾(1140—1207),原字坦夫,后改字幼安,号稼轩,历城(今济南)人,有《稼轩词》。南宋词人、将领,与苏轼合称"苏辛",与李清照并称"济南二安"。
⑤ 辛弃疾《鹧鸪天》(有客慨然谈功名,因追念少年时事,戏作):"壮岁旌旗拥万夫。锦襜突骑渡江初。燕兵夜娖银胡䩮,汉箭朝飞金仆姑。 追往事,叹今吾。春风不染白髭须。却将万字平戎策,换得东家种树书。"

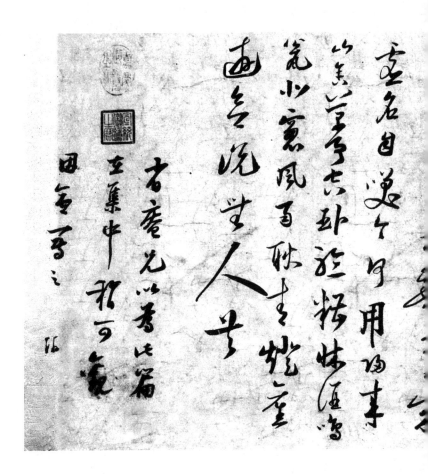

>>> 图为宋代陆游的手迹。

五十初度豪纵锦瑟一
觉繁华梦竹业春醪碧
玉壶松花酿千支丝絮何
曾有吾今四射堆西郊
曾志中世上曾无绿绮
曾佳人祛画堂泥凤凰
焰歌击东海碎银貂不管
长卿画一楷书破海棠

104

放翁《病起》诗:"山村病起帽围宽,春尽江南尚薄寒。志士凄凉闲处老,名花零落雨中看。断香漠漠便支枕,芳草离离悔倚阑。收拾吟笺停酒碗,年来触事动忧端。""薄寒中人"见《九辩》①。"收拾"句着力炼字,却不落痕迹。

又《雪中忽起从戎之兴戏作》②,"直斩单于衅宝刀",古有杀敌人以衅战鼓之风,见《左传》;杀牲衅钟,见《孟子》。

105

放翁《书陶靖节桃源诗后》:"寄奴谈笑取秦燕,愚智皆知晋鼎迁。独为桃源人作传,固应不仕义熙年。"此诗"燕"字读平声,宋人作诗不拘平仄如此。

---

① 《九辩》:"泬寥兮天高而气清,寂寥兮收潦而水清。憯凄增欷兮薄寒之中人。"
② 《雪中忽起从戎之兴戏作》:"铁马渡河风破肉,云梯攻垒雪平壕。兽奔鸟散何劳逐,直斩单于衅宝刀。群胡束手仗天亡,弃甲纵横满战场。雪上急追奔马迹,官军夜半入边荒。"

106

放翁《溪上作》:"伛偻溪头白发翁,暮年心事一枝筇。山衔落日青横野,鸦起平沙黑蔽空。天下可忧非一事,书生无地效孤忠。'东山''七月'犹关念,未忍浮沉酒醆中。"末句用《晋书》毕卓①传故事。

107

白石《昔游诗》十五首,"假令无恨事,过此亦依依"②最佳。选《昔游诗》而不选此首,是缺乏眼光,看诗不够深刻。

又第十二首③末句,"徘徊望神州,沉叹英雄寡",亦佳。此不仅用嗣宗吊广武故事④,实有感于无人御金也。

---

① 毕卓(生卒年不详),晋人,少放达,常饮酒废职。
② 《昔游诗》之四:"萧萧湘阴县,寂寂黄陵祠。乔木荫楼殿,画壁半倾欹。芦洲雨中淡,渔网烟外归。重华不可见,但见江鸥飞。假令无恨事,过此亦依依。"
③ 《昔游诗》之十二:"濠梁四无山,坡陁亘长野。吾披紫茸毡,纵饮面无赭。自矜意气豪,敢骑雪中马。行行逆风去,初亦略沾洒。疾风吹大片,忽若乱飘瓦。侧身当其冲,丝鞚袖中把。重围万箭急,驰突更叱咤。酒力不支吾,数里进一罜。燎茅烘湿衣,客有见留者。徘徊望神州,沉叹英雄寡。"
④ 阮籍尝登广武(山名,在今河南),观楚汉战处,叹曰:"时无英雄,使竖子成名!"事见《晋书·阮籍传》。阮籍(210—263),三国时期魏国诗人,字嗣宗,"竹林七贤"之一。曾任步兵校尉,世称阮步兵。

108

白石《丁巳七月望湖上书事》①有"荷叶摆头:'君睡去!'"句,如此拟人,妙。

109

白石《寄田郎》②有"剪烛屡呼金凿落",据《海录碎事》:"湘楚人以盏斝中镌镂金镀者为'金凿落'。"

又《次韵千岩杂谣》③有"故人无字入云蓝",据《文房四谱》:"唐段成式在九江出意造纸名云蓝纸,以赠温飞卿。"

---

① 《丁巳七月望湖上书事》:"白天碎碎如析绵,黑天昧昧如陈玄。白黑破处青天出,海月飞来光尚湿。是夜太史奏月蚀,三家各自矜算术。或云七分或食既,或云食昼不在夕。上令御史登吴山,下视海门监月出。年来历失无人修,三家之说谁为优?乍如破镜光炯炯,渐若小儿初食饼。时方下令严禁铜,破镜为何来海东?天边有饼不可食,闻说饥民满淮北。是镜是饼且勿论,须臾还我黄金盆。金盆当空四山静,平波倒浸云天影。下连八表此光,上接银河通一泠。御史归家太史眠,人间不闻钟鼓传。白石道人呼钓船,一瓢欲酌湖中天。荷叶摆头:'君睡去!'西风急送敲窗句。"

② 《寄田郎》:"楚楚田郎亦大奇,少年风味我曾知。春城寒食谁相伴,夜月梨花有所思。剪烛屡呼金凿落,倚窗闲品玉参差。含情不拟逢人说,鹦鹉能歌自作词。"

③ 《次韵千岩杂谣》:"平生中散七不堪,凤凰时时伴燕谈。道士有神传火枣,故人无字入云蓝。雨凉竹叶宜三酌,日落荷花倚半酣。极欲扁舟南荡去,冷鸥轻燕略相谙。"

110

白石《同潘德久作明妃诗》:"明妃未嫁时,满宫妒蛾眉。一朝辞玉陛,人人泪双垂。""年年心随雁,日日穹庐中。遥见沙上月,忽忆建章宫。""身同汉使来,不同汉使归。虽为胡中妇,只著汉家衣。"此亦有感而作,非泛泛咏古诗也。

111

白石《除夜自石湖归苕溪》其四曰:"千门列炬散林鸦,儿女相思未到家。应是不眠非守岁,小窗春色入灯花。"末句"春色"它本作"春意",较胜。除夜尚未有"春色",但有"春意"而已。

又《湖上寓居杂咏》其三:"秋风低结乱山愁,千顷银波凝不流。堤畔画船堤上马,绿杨风里两悠悠。"首句"秋风"严选千首宋人绝句作"秋云","云"字较胜。

112

白石《三高祠》："越国霸来头已白，洛京归后梦犹惊。沉思只羡天随子，蓑笠寒江过一生。"分咏范蠡、张翰、陆龟蒙①。

113

白石《送范仲讷往合肥三首》②第一首首联全不合平仄，且全首与送客无关，内容亦平庸无味，与白石他作不侔。或是别人作品混入集中。

又《次韵武伯》③末句"可爱青丝十二闲"不通，且与上句文义不相属。应如"校记"异文（见注括号中字）。此本

---

① 范蠡（公元前536—前448），春秋时楚人，助越王勾践灭吴，功成泛湖而去。张翰（生卒年不详），晋人，在洛为官，借口思莼菜鲈鱼，辞官回乡。陆龟蒙（？—881），唐诗人，自称江湖散人、天随子，朝廷以高士召，不赴。
② 《送范仲讷往合肥三首》："壮志只便鞍马上，客梦长在江淮间。谁能辛苦运河里，夜与商人争往还。""我家曾住赤栏桥，邻里相过不寂寥。君若到时秋已半，西风门巷柳萧萧。""小帘灯火屡题诗，回首青山失后期。未老刘郎定重到，烦君说与故人知。"
③ 《次韵武伯》："杨柳风微约暮寒。野禽容与只波间。道人心（野）性如天马，可爱（欲摆）青丝十二（出帝）闲。"

(《白石诗词集》)末句为妄人所改,殆以原作有触忌讳也。又第二句疑亦有误字,或亦为窜改,已非原文。

114

白石《陈日华侍儿读书》:"绎句寻章久未休,花房日晏不梳头。谁教郎主能多事,乞与冥冥千古愁。"三句"能",如此也,何以也,今蜀语犹存此音。

又《寄俞子二首》:"此郎都无子弟气,夜对黄妳笼青灯。君今落脚堕鸢外,欲往从之叹未能。""郎罢才名今白发,佐州亦复坐穷边。甚欲出手相料理,东南风高难寄笺。""子弟",俗语,谓浪荡子。"郎罢",阿爹也。

115

白石《平甫见招不欲往》:"老去无心听管弦,病来杯酒不相便。人生难得秋前雨,乞我虚堂自在眠。"末句本蔡肇①"乞我寒江听雨眠",且亦为雨中作。又《白石诗词集》

---

① 蔡肇《题画授李伯时》:"鸿雁归时水拍天,平冈老木尚寒烟。借君余地安渔艇,乞我寒江听雨眠。"蔡肇(? —1119),北宋时人。

此诗有两首,第二首①与谢饮无关,应另有题,或后人因其用同一韵,误以为一题。

116

白石《送朝天续集归诚斋时在金陵》:"翰墨场中老斲轮,真能一笔扫千军。年年花月无闲日,处处山川怕见君。箭在的中非尔力,风行水上自成文。先生只可三千首,回施江东日暮云。"杜甫《醉歌行》②:"词源倒流三峡水,笔阵独扫千人军。"《不见》③:"敏捷诗千首,飘零酒一杯。"《春日忆李白》④:"渭北春天树,江东日暮云。"又"回施",见《中州乐府》赵献之⑤《鹧鸪天》:"老来渐减金钗兴,回施春光与后

---

① 诗为:"楼阁万重秋雨里,峰峦四合暮潮边。凤城今夕凉如水,多少人家试管弦。"
② 《醉歌行》:"陆机二十作文赋,汝更小年能缀文。总角草书又神速,世上儿子徒纷纷。骅骝作驹已汗血,鸷鸟举翩连青云。词源倒流三峡水,笔阵独扫千人军。只今年才十六七,射策军门期第一。旧穿杨叶真自知,暂蹶霜蹄未为失。偶然擢秀非难取,会是排风有毛质。汝身已见唾成珠,汝伯何由发如漆。春光淡沲秦东亭,渚蒲牙白水荇青。风吹客衣日杲杲,树搅离思花冥冥。酒尽沙头双玉瓶,众宾皆醉我独醒。乃知贫贱别更苦,吞声踯躅涕泪零。"
③ 《不见》:"不见李生久,佯狂真可哀。世人皆欲杀,吾意独怜才。敏捷诗千首,飘零酒一杯。匡山读书处,头白好归来。"
④ 《春日忆李白》:"白也诗无敌,飘然思不群。清新庾开府,俊逸鲍参军。渭北春天树,江东日暮云。何时一樽酒,重与细论文。"
⑤ 赵可(生卒年不详),字献之,金时人,有《玉峰散人集》。

生。"可见"回施"乃宋元间成语,今不可知。

117

方岳①《春思》:"春风多可太忙生,长共花边柳外行。与燕作泥蜂酿蜜,才吹小雨又须晴。""多可",当时俗语。"太忙生",即"太忙些","多"连下读:"可太忙些。"

118

萧立之②《第四桥》:"自折孤樽擘蟹斝,荻花洲渚月平林。一江秋色无人管,柔橹风前语夜深。"或以为"折"字误。按"折"字不误,"折"犹"倾"也,"折腰"谓倾其腰身,"心折"犹云"心倾"。"折樽"谓倾樽中之酒以入盏也。

---

① 方岳(1199—1262),字巨山,号秋崖,有《秋崖先生小稿》。
② 萧立之(生卒年不详),字斯立,号冰崖,宋末人,有《萧冰崖诗集拾遗》。

>>>《漫南诗话》论东坡续柳公权"殿阁生微凉"诗以是为讽,其谁能悟?图为明代张路《苏轼回翰林院图》。

119

梅村咏鲞鱼①云:"自惭非食肉,每饭望休兵。"此用曹刿故事②。"食肉者鄙",岂堪言兵?此谓我非食肉者,可以言兵,而犹望休兵,乃进一层言之。云崧误以为用食鱼之典而讥之,失其所指矣③。

120

《潭南诗话》论东坡续柳公权④"殿阁生微凉"诗,曰:

---

① 吴梅村《鲞》:"旧俗鱼盐贱,贫家人馔轻。自惭非食肉,每饭望休兵。余骨膻何附,长餐臭有情。腐儒嗟口腹,属餍负升平。"吴伟业(1609—1672),字骏公,号梅村,太仓人,明末清初诗人。
② 《左传·庄公十年》:"公将战,曹刿请见。其乡人曰:'肉食者谋之,又何间焉?'刿曰:'肉食者鄙,未能远谋。'乃入见。"
③ 《瓯北诗话》评吴诗云:"食鱼无休兵典故,况鲞鱼耶!亦觉无谓。"
④ 事见《旧唐书·柳公绰传附》:"文宗夏日与学士联句,帝曰:'人皆苦炎热,我爱夏日长。'公权续曰:'薰风自南来,殿阁生微凉。'时丁、袁五学士皆属继,帝独讽公权两句,曰:'辞清意足,不可多得。'"又胡仔《苕溪渔隐丛话》前集卷三十八"东坡云:宋玉对楚王'此独大王之雄风也,庶人安得而共之!'讥楚王知己而不知人也。柳公权小子,与文宗联句,有美而无箴。故为足成其篇云:'人皆苦炎热,我爱夏日长。薰风自南来,殿阁生微凉。一为居所移,苦乐永相忘;愿言均此施,清阴分四方。'"(《潭南诗话》注引)

"以是为讽,其谁能悟?予谓其实无之,而亦不必有也。规讽虽臣之美事,然燕闲无事,从容谈笑之暂,容得顺适于一时,何必尽以此而绳之哉!且事君之法,有所宽乃能有所禁;略其细故于平素,乃能辨其大利害于一朝。若夫烦碎迫切,毫发不恕,使闻之者厌苦而不能堪,彼将以正人为仇矣,亦岂得为善谏邪!"①此论最通,腐儒读此应知愧,东坡亦不例外。始作俑者,其汉人之解《楚辞》乎?

121

从之曰:"东坡酷爱《归去来辞》,既次其韵,又衍为长短句,又裂为集字诗,破碎甚矣。陶文信美,亦何必尔!是亦未免近俗也。"②此论大是。世人对名流如东坡者,多不敢议,遂至其流传人间之可笑可鄙、不近情理、矫揉做作之文字,亦为后世盲目崇拜之对象。个人迷信及于死人,尤可哀也。

---

① 《濬南诗话》卷上,第六则。
② 《濬南诗话》卷中,第九则。

>>> 苏东坡酷爱《归去来辞》。图为明代王仲玉《陶渊明像》。

122

东坡云:"论画以形似,见与儿童邻;赋诗必此诗,定知非诗人。"从之曰:"论妙在形似之外,而非遗其形似;不窘于题,而要不失其题。如是而已耳。世之人不本其实,无得于心,而借此论以为高。画山水者,未能正作一木一石,而托云烟杳霭,谓之气象;赋诗者,茫昧僻远,按题而索之,不知所谓,乃曰格律贵尔。一有不然,则必相嗤点以为浅易而寻常。不求是而求奇,真伪未知,而先论高下,亦自欺而已矣。岂坡公之本意也哉!"①此段亦精彩,坡公见之当心折。

123

从之以为"大抵诗话所载,不足尽信"②。又举荆公《金牛洞六言诗》③曰:"初亦常语,而晁无咎附之《楚辞》,以为

---

① 《滹南诗话》卷中,第十一则。
② 《滹南诗话》卷上,第十七则。
③ 王安石《金牛洞六言诗》:"水泠泠而北去,山靡靡而旁围,欲穷源而不得,竟怅望以空归。"(《滹南诗话》引)

>>> 从之举王安石《金牛洞六言诗》曰:"'晁无咎附之《楚辞》,以为二十四字而有六籍群言之遗味'。书生之口,何所不有哉!"此条亦最有见识。图为宋代李公麟(传)《九歌图卷》(局部)。

二十四字而有六籍群言之遗味。书生之口,何所不有哉!"①此条亦最有见识,辟古人妄传谬说,不独可证传说之妄,且有关世道人心,后世学风。

124

《四溟诗话》②卷三第六二则记成皋王传易及子玄易问作诗之"缩银法",茂秦命以李建勋诗"未有一夜梦,不归千里家"缩为一句,玄易曰"归梦无虚夜",传易曰:"夜夜乡山梦寐中。"谢评为:"一速而简切,一迟而流畅。"按二人所作与原诗不侔,甚至相反,此非缩银法,乃点金成铁也。李诗十字可缩成七字曰,"千里家山梦到难",则尽包原意矣。

125

《四溟诗话》卷二第六五则,"《文式》:放情曰歌,体如行书曰行,兼之曰歌行"云云,按《司马相如传》"为歌一再

---

① 《潭南诗话》卷上,第十七则。
② 《四溟诗话》,明人谢榛著。谢榛(1495—1575),字茂秦,自号四溟山人,脱屣山人。

行",行,即成,即一次也。

126

作诗要押韵,这在古今中外都是如此。人类的语音常在改变;对于一些字,每一时代的读音不同,如果这些字被用作诗中的韵脚,那么在一个时代念起来很和谐的协韵的字,在另一时代就不协韵,不和谐了。(原注:今年恰好是莎士比亚诞生四百年纪念,使我想起一个故事。以前伦敦有一位莎翁剧本的演员,他把剧词中的英文"风"[wind]字念成"wynde"[把 i 念成长音 ai]有人说他念错了,他说:"I cannot fynd in my mynd that it is wynd."[我不在我的脑中发现它〔短音〕"风"字]这句话中"发现"[find]和"脑"[mind]二字现在依然把 i 读成长音 ai,而这位演员却故意把这二字念错成短音 i 来回答批评他的人。这个故事说明一个问题:wind 这字在四百年前确乎应该念成长音 i,相当于 wynde 的念法。后来英语读音改变了,这三个本来可以押韵的英文字 wind,find,mind,现在读法不同,不能押韵了。)另外有些字,在一个时代本来不同韵的,但过了一个时期,它们在口语中又变成同韵了。因此,各个时代的韵书,如果严格地科学地按口语记录、分类,应该是很不相同的。

127

至于古诗,用韵更宽。上文所引把"真""文""元"三韵通押的《季布骂阵词文》,以体裁而论,可以归入七古。这是无名作家的俗文学。我们还可以看看大作家如杜甫的作品:他的五古《石壕吏》,一开始就把"元"(村)、"真"(人)、"寒"(看)三韵通押,后面又把"真"(人)、"元"(孙)和"文"(裙)韵通押。可见当时民间俗文学的作者,并不比杜甫用韵更宽。至于仄声韵的通押,如《广韵》中的"洽"和"狎"通用,"业"和"乏"通用,则早已有人指出:"自唐迄天禧皆然。"(钱大昕引周益公语)而"平水韵"之裁并《广韵》,也不过是就实际情况加以整理而已。但如上文所说,唐、宋以来作诗者也只有在写近体诗时其用韵才大体上与"平水韵"相合。若作古体歌行或词,那是连裁并了的"平水韵"也束缚不住的。

128

最后,要约略说一下平仄。古诗不但用韵宽,连平仄也不拘。当然,有时为了读起来和谐,诗人们也在长歌中采用对偶句的句法,运用律诗的平仄相间的技巧,和不用平仄的比较朴质的句子相错综,以增加诗中的多样性。例如白居易的《长恨歌》中就用了不少这样的对句:"金屋妆成娇侍夜,玉楼宴罢醉和春""行宫见月伤心色,夜雨闻铃肠断声""春风桃李花开日,秋雨梧桐叶落时""迟迟钟鼓初长夜,耿耿星河欲曙天"等等。不过这是比较个别的情形。一般说来,古体诗是不受这些拘束的。

129

但如果有人要问:为什么古体诗可以不拘平、仄,而近体诗非讲究平、仄不可?则我以为:第一,古体诗传自汉、魏,那时读字并不严格分平、仄,(这可以从汉赋的用韵证明。例如《汉书》载武帝《吊李夫人赋》[卷九十七上],末段"亲""信""冥""庭""灵"为韵。颜师古即读"信"为"新"。)传统如此,没有改变的必要。近体诗是唐代新创的作品,而在唐以前的诗人中,已有人注意平、仄在诗歌中的作用。故既欲写近体诗,就须遵守其格律。第二,古体诗可以写得很长,若通篇每句要严守平、仄格律,不但束缚太多,而且也太单调、呆板。长诗而严守平、仄格律者是排律。人们不喜欢排律,就因为它太呆板、单调。第三,古体诗适于叙事,比较接近散文,最要抒写自如,不受拘束。近体是抒情诗,比较短,需要读起来和谐悦耳,才能和抒情、述怀的情调相称。和谐要靠节奏,而平、仄的错综配置,正是构成节奏的重要因素。律诗是比较严格的一种诗体,不能太接近散文,所以帮助声调和节奏的平、仄,便不能不受到作者的注意。好在近体中的绝句只有四句,律诗只有八句,注意调整每句的平仄也不太费事。

130

诗词中用比喻,是常见手法。同样一个内容,不同作家写来,便有高下之别。试比较以下三例:

第一,李后主《虞美人》:"问君能有几多愁,恰似一江春水向东流。"

第二,秦观《江城子》:"便做春江多是泪,流不尽,许多愁。"

第三,贺铸《青玉案》:"若问闲愁愁几许?一川烟草,满城风絮,梅子黄时雨。"

第一是显比,只指空间数量,时间暗包在内,第二改为隐喻,仍只指空间数量,时间暗包在内。第三世人多知此句妙,但说不出所以然来。前二例皆为平面的,方回则为立体的,所以更像愁。又前二例说"春水""春江"皆明指"春"与"愁"相比,此句则不言"春",而春意自在其中。"愁"是抽象名词,很空灵的、模糊的,以"春水"或"春江"相比,稍嫌具体,太著痕迹。用"烟草""风絮""梅雨"来比,最能得其神情。象征愁的颜色,在中国文学的传统观念中用"绿",我们常说"惨绿""绿愁",所以有人拿柳色来比愁,如云:"闺中少妇不知愁,春日凝妆上翠楼,忽见陌头杨柳色,悔教夫婿觅封侯。"(王昌龄《闺怨》)也有人用草色来比,如云:"离恨却似春草,更行更远还生。"(李后主《清平乐》。所谓"离恨",亦切离愁。)"谢家池上,江淹浦畔,吟魄与离魂。"(欧阳修《少年游》)但纯用柳色和草色来比,又嫌太着痕迹,太浓了,所以方回用"烟草",笼着烟雾,自然就更空灵些,更淡些。方回又用"风絮",风中飞絮,也给人一个模糊缭乱的印象。并且絮是柳枝上吹下来的,暗中仍用了柳色,不过既然杂以飞絮,那绿色也淡多了。末了一句用"梅子黄时雨"。江南梅子黄时的雨照例是毛毛雨,若有若无,最易引起人的愁闷,也最与"愁"相像。这季节习惯上称为"梅雨""黄梅天气",它那轻松而又烦腻,连绵而又模糊,滋润而又并不温暖的性质,最好代表离愁别恨的滋味。所以方回用这三句来比愁,自比以前作家所用同类的比喻都要恰当,又能引起亲切真实的感觉,使读者易于感受。

二、词论

1

  词,又称"诗余"。"余"者,孔子所谓"行有余力,则以学文"之"余",今称"业余",亦犹此义。唐人赴试应制皆须作诗,而真实性情不能于焉表现,则退而自以民间乐府歌词以抒其情,故曰"诗余"。故"诗余"多吟咏性情之作也。南宋文人习于填词,则以论事感时之作写入词中。凡此题材本应入诗,故当时人以为苏轼[①]以诗入词也。

[①] 苏轼(1037—1101),字子瞻,号东坡居士,词集有《东坡乐府》。

2

唐刘宾客①《董氏武陵集纪》："兵兴已还,右武尚功。公卿大夫以忧济为任,不暇器人于文什之间。故其风寖息。乐府协律,不能足新词以度曲。夜讽之职,寂寥无纪。"蕙风录此语后曰："'夜讽'字甚新,殆即新词度曲之谓。"②按:"夜讽",即"夜诵","讽""诵"同义。"夜诵"见《汉书·礼乐志》:"至武帝……乃立乐府,采诗夜诵,有赵、代、秦、楚之讴。"二字不新,亦非"寂寥无纪"也。

3

《白雨斋词话》③曰:"词中如《西江月》《一翦梅》《钗头凤》《江城梅花引》等调,或病纤巧,或类曲唱,最不易工。(难得大雅)善为词者,此类以不填为贵。"④此真经验之谈。

---

① 刘禹锡(772—842),字梦得,世称刘宾客,有《刘梦得集》。
② 《蕙风词话》卷四,第三九则。
③ 陈廷焯著。陈廷焯(1853—1892),字亦峰,又字伯与,原名世琨,丹徒人。近代词论家,著有《白雨斋词话》。
④ 《白雨斋词话》卷七,第三〇则。

>>> 亦峰以为"白石犹有未能免俗处。"其所谓白石俗处，正是白石近乎人情处。图为清代叶衍兰《姜夔着色像》。

然曰"或类曲唱",则于词史全不了解。词本起源于曲,正是古曲,何必"类"乎?

4

古代民歌诗十五国风为北方之歌,楚辞为南方之歌。汉魏六朝亦可分为南北。子夜吴歌、前溪、西洲等曲属南方,敕勒、企喻歌等属北方。以晚唐五代曲子词而论,则"花间"为南方(包括西蜀)之歌,敦煌曲子为北方之歌。降之近世,南方之昆曲大异北方之戏,南方之弹词、滩黄区别于北方之鼓词。故词之起源,必兼溯两者。

5

皇甫松①《采莲子》:"菡萏香连十顷波(举棹),小姑贪嬉采莲迟(年少)。晚来弄水船头湿(举棹),更脱红裙裹鸭儿(年少)。""船动湖光滟滟秋(举棹),贪看年少信船流(年少)。无端隔水抛莲子(举棹),遥被人知半日羞(年少)。"此用两首七绝组

---

① 皇甫松(生卒年不详),一作嵩,字子奇,皇甫湜之子,晚唐时人。《花间集》录其词十二首。

成之采莲歌,如将每句末小字去掉,即唐人七绝。盖唱此词时一人先唱一句,众齐唱衬字(举棹、年少)。此例可说明词在晚唐早期发展之程序。又"莲子"谐"怜子",即"爱你"。

6

词乃是先有音乐调子,然后按调做长短句,不是做了长短句,然后又把它"音乐化"了。先得新腔,然后按腔作歌。

7

小山《采桑子》①:"双螺未学同心绾……长倚昭华笛里声。"则倚声本指唱词,非谓填词。填词亦称倚声,乃仿歌女之称,其起源较晚矣。

---

① 晏几道《采桑子》:"双螺未学同心绾,已占歌名。月白风清。长倚昭华笛里声。 知音敲尽朱颜改,寂寞时情。一曲离亭。借与青楼忍泪听。"晏几道(1138—1110),字叔原,号小山,晏殊幼子,北宋时人。有《小山词》。

8

《花庵词选》①晁次膺②名下注:"宣和间充大成(晟)府协律郎,与万俟雅言③齐名,按月律进词。"可见宋时每月有规定音律,大晟府官吏须按律每月进词。

9

《蕙风词话》续篇卷一第十四则记:"日本贞亨初(当中国康熙初)所刻《增类群书类要事林广记》(吾国西颍陈元靓编辑)卷八《音乐举要》,有管色指法谱字,与白石所记政同。"此资料重要。

---

① 黄升编选。黄升(生卒年不详),字叔旸,号玉林,南宋时人。
② 晁端礼(1046—1113),字次膺。有《闲适集》,不传,今传有《闲斋琴趣外篇》六卷。
③ 万俟咏(生卒年不详),字雅言,北宋时人。有《大声集》,不传。

10

止庵曰:"《花间》①极有浑厚气象。"②余以为《花间》只是言之有物,无他奥秘。

11

复堂③以《花间》《草堂》④为"繁猥"⑤,非妄语即无识也。

---

① 五代赵崇祚编《花间集》,是最早的一部词总集。详见《花间集简论》(《罗音室学术论著》第二卷)。
② 见周济《介存斋论词杂著》第八则。周济(1781—1839),字保绪,一字介存,晚号止庵,清词论家,有《介存斋论词杂著》《词辨》《宋四家词选》《味隽斋词》等。
③ 即谭献(1832—1901),原名廷献,字仲修,号复堂。同、光间词学家。有《复堂类稿》《复堂词》《复堂词话》等。又选清人词为《箧中词》。
④ 《草堂诗余》,为南宋时书坊所编词集,供艺人说话时参考用。
⑤ 《复堂词话》第三九则:"四水潜夫填词名家,善别择,非《花间》《草堂》之繁猥。"

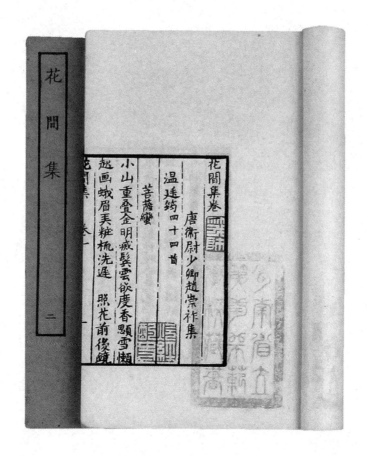

>>>《花间集》只是言之有物,无他奥秘。图为《花间集》刻本。

12

亦峰评《浣雪词》①:"刻翠裁红,务求新颖。""总不免染《花间》《草堂》陋习。"②余谓《花间》《草堂》不陋,陋人见之曰"陋"。若论词而以《花间》《草堂》为陋,是数典骂祖。作词不宗《花间》,更何所宗?北宋词人,舍《花间》又何所据乎?按此亦峰故作矫情之语,以自鸣清高。若真陋《花间》,便不应作词论词。修辞贵立诚,亦峰作遁词,伪矣哉!

13

静安③论词曰:"词之最工者,实推后主④、正中⑤、永

---

① 毛际可词集。毛际可(1633—1708),字会侯,号鹤舫,清初人。
② 《白雨斋词话》卷三,第三三则。
③ 王国维(1877—1927),字静安,一字伯隅,号观堂,词集有《人间词话》《人间词》《观堂长短句》等。
④ 即李煜(937—978),字重光,史称南唐后主。词存后人刻《南唐二主词》。
⑤ 冯延巳(903—960),一名延嗣,字正中。宋人辑有《阳春集》。

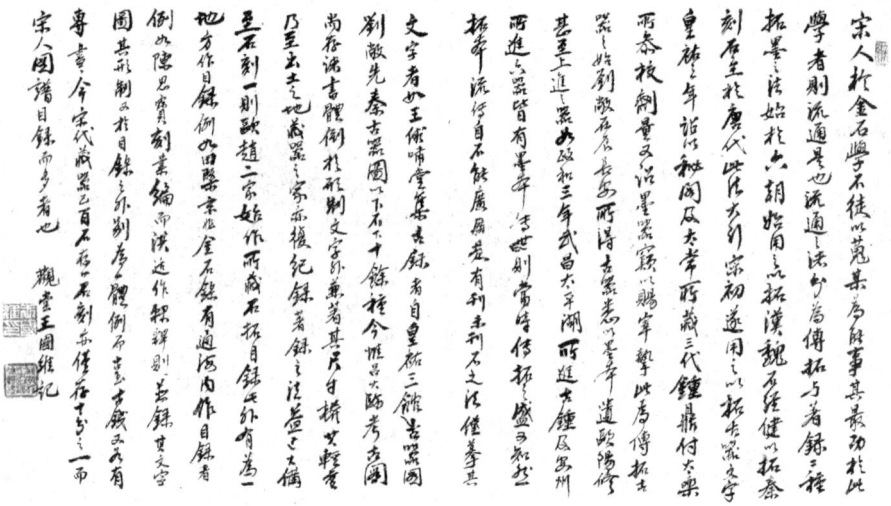

>>> 王国维论词有卓识。图为近代王国维手迹。

叔①、少游、美成②，而后此南宋诸公不与焉。"③此语自是卓识，但不能排除温④、韦及《花间》诸大作家，否则数典忘祖矣。

14

或以为《花间》在思想、内容和艺术形式上都存在严重的缺陷。则不但思想内容，连艺术形式也有严重缺点？又称南唐冯延巳、李煜在艺术上努力摆脱《花间》的影响，北宋的词直接继承了南唐词云云。如此说来，北宋词与《花间》无关，还是间接继承？

15

刘熙载⑤谓词"至东坡始能复古。后世论词者，或转以

---

① 即欧阳修(10047—1072)，字永叔，号醉翁，晚号六一居士。词集有《六一词》。
② 周邦彦(1057—1121)，字美成，晚号清真居士。词集有《片玉集》，另有《清真集》。
③ 《人间词话》删稿，第三九则。
④ 温庭筠(812—约866)，本名岐，字飞卿。词集有《握兰集》《金荃集》，不传。今有王国维辑《金荃词》一卷。
⑤ 刘熙载(1813—1881)，字伯简，号融斋，晚号寤崖子。著有《艺概》等。

东坡为变调,不知晚唐五代乃变调也"①。此论妄极。在北宋而言复古,只有复到晚唐五代去,即复到《花间》《尊前》②作风。以晚唐五代为变调,是以祖先肖子孙,不是子孙肖祖先之类也。

16

亦峰曰:"北宋去温、韦未远,时见古意,至南宋则变态极焉。变态既极,则能事已毕,遂令后之为词者,不得不刻意求奇,以至每况愈下,盖有由也。"③然则救之之道,岂不在上溯《花间》、北宋,以返淳真?

17

亦峰曰:"北宋词,沿五代之旧,才力较工,古意渐远。晏、欧④著名一时,然并无甚强人意处;即以艳体论,亦非高

---

① 《东坡乐府笺》引。
② 《尊前集》,唐、五代词选集,供宴席歌唱之用,故名"尊前"。
③ 《白雨斋词话》卷三,第一九则。
④ 晏,指晏殊(991—1055),字同叔。有《珠玉词》。欧,即欧阳修。

境。"①按北宋词多为"艳体",何谓"即以艳体论"?艳体以外,尚有若干可论之体?既钻入"沉郁"之牛角尖,则角外天地自然不见矣。

18

《白雨斋词话》记蔡伯世语:"子瞻辞胜乎情,耆卿②情胜乎辞,辞情相称者,唯少游而已。"并评曰:"此论陋极。东坡之词,纯以情胜,情之至者词亦至,只是情得其正,不似耆卿之喁喁儿女私情耳。"③按伯世所谓情,正是儿女之情。误解其意,斥为鄙妄,非也。

19

白雨斋论清初词人,曰:"综论群公,其病有二:一则板袭南宋面目";"一则专习北宋小令,务取浓艳,遂以为晏、欧复生,不知晏、欧已落下乘,取法乎下,弊将何极,况并不

---

① 《白雨斋词话》卷一,第二三则。
② 即柳永(约987—1053),字耆卿,原名三变,排行第七,也称柳七,官至屯田员外郎,又称柳屯田。有《乐章集》。
③ 《白雨斋词话》卷一,第三三则。

如晏、欧耶?"①以晏、欧为下乘,其论虽偏,其胆却大。

20

把"西昆体"②诗与婉约词混为一谈是错误的。北宋词中有新血液,西昆则无,所以欧阳修词是婉约的,而诗文则反西昆。

21

北宋各人的词,乃至各人与五代、南唐之词互相渗透。其渗透程度或多或少,或深或浅,如欲互相区别,殆不可能。即单独提出一人,指其某词近某人之某调,是矣,然未必即然。因其可以从第三者间接渗透过来也。如南宋词亦可证其从北宋乃至五代渗透过来。词之亡,不亡于金、元、明,而

---

① 《白雨斋词话》卷一,第一则。
② 西昆体,北宋初年一种追求辞藻华美、对仗工整的诗体,由杨亿、刘筠、钱惟演等人的《西昆酬唱集》而得名。

亡于南宋,如梦窗①、玉田②、碧山③、草窗④之作。谁复有此闲情,猜其闷谜、笨谜、恶谜哉!此辈亡国以后,犹恋裙裾之乐,不甘寂寞,则藏其情于晦涩之词,豫其流者则相视而笑,莫逆于心,余子碌碌则其胡猜可也。若有人问之,则故作高深或忧时之状,以掩其劣迹,呜呼丑矣!

22

或谓温庭筠写过《烧歌》⑤诗,词却专写艳情,欧阳修

---

① 吴文英(约1200—约1260),字君特,号梦窗、觉翁,南宋时人。有《梦窗甲乙丙丁四稿》。
② 张炎(1248—?),字叔夏,号玉田、乐笑翁。有《山中白云词》《词源》。
③ 王沂孙(1230—1291),字圣与,号碧山、中仙。宋末人。有《花外集》,一名《碧山乐府》。
④ 周密(1232—1308),字公谨,号草窗,又号四水潜夫。有《草窗词》《蘋洲渔笛谱》。
⑤ 温庭筠《烧歌》:"起来望南山,山火烧山田。微红久如灭,短焰复相连。差差向岩石,冉冉凌青壁。低随回风尽,远照檐茅赤。邻翁能楚言,倚锸欲潸然。自言楚越俗,烧畬作旱田。豆苗虫促促,篱上花当屋。废栈豕归栏,广场鸡啄粟。新年春雨晴,处处赛神声。持钱就人卜,敲瓦隔林鸣。卜得山上卦,归来桑枣下。吹火向白茅,腰镰映赪蔗。风驱槲叶烟,槲树连平山。迸星拂霞外,飞烬落阶前。仰面呻复嚏,鸦娘咒丰岁。谁知苍翠容,尽入官家税。"

的诗和词,迥然不同,柳永的词里决写不进像他的诗《煮海歌》①一类的题材。这正证明,诗和词本是两种体裁,各有所长,正如纱罗不宜填絮,绒布不作夏衣。因而指责词脱离社会现实、缺乏积极思想内容、艺术成就较高是畸形发展等说,这和天主教的"原罪论"差不多。

23

《弇州山人词评》②曰:"温飞卿所作词曰《金荃集》,唐人词有集曰《兰畹》,盖取其香而弱也。""兰畹",乃用《离骚》③。王氏胡说,强作解人。而有人据此,以"香而弱"为婉约词传统,亦其不确。

---

① 柳永《煮海歌》:"煮海之民何所营?妇无蚕织夫无耕。衣食之源太寥落,牢盆煮就汝输征。年年春夏潮盈浦,潮退刮泥成岛屿。风干日曝盐味加,始灌潮波增成卤。卤浓盐淡未得间,采樵深入无穷山。豹踪虎迹不敢避,朝阳出去夕阳还。船载肩擎未遑歇,投入巨灶炎炎热;晨烧暮烁堆积高,才得波涛变成雪。自从潴卤至飞霜,无非假贷充糇粮;秤入官中充微值,一缗往往十缗偿。周而复始无休息,官租未了私租逼;驱妻逐子课工程,虽作人形俱菜色。煮海之民何苦辛,安得母富子不贫!本朝一物不失所,愿广皇仁到海滨。甲兵净洗征输辍,君有余财罢盐铁。太平相业尔唯盐,化作夏商周时节。"
② 王世贞著。王世贞(1526—1590),字元美,号弇州山人。有《弇州山人四部稿》《续稿》等。
③ 《离骚》:"余既滋兰之九畹兮,又树蕙之百亩。畦留夷与揭车兮。杂杜衡与芳芷。"

24

或以为"婉约"乃指唐末五代以来脱离现实斗争专务婉丽的传统词风,或谓婉约派词人所写多是儿女私情或个人哀怨,缺乏社会意义。如此说来,听歌也要歌女斗争?歌女不斗争,就脱离现实生活?其实,写个人哀怨,即是一种社会内容。

25

词之形式,"豪放""婉约",乃由题材决定,非欲故意创某派、某风,如写猎词岂能用闺房声?同一送别,与朋友相别和与歌女相别即大不相同,与家属相别更不同。丛碧谓:"'晓风残月'[①]与

---

① 柳永《雨霖铃》:"寒蝉凄切,对长亭晚,骤雨初歇。都门帐饮无绪,留恋处,兰舟催发。执手相看泪眼,竟无语凝噎。念去去,千里烟波,暮霭沉沉楚天阔。 多情自古伤离别,更那堪,冷落清秋节!今宵酒醒何处?杨柳岸,晓风残月。此去经年,应是良辰好景虚设。便纵有千种风情,更与何人说?"

>>> 丛碧谓:"晓风残月"与"大江东去",要在咏题与选调耳。图为明代仇英《赤壁图》。

'大江东去'①要在咏题与选调耳。"②是也。

26

榆生曰:"北宋末、南宋初期,所有诗人志士,于丧乱流离中,往往借这个长短句歌词来发抒爱国思想,以及种种悲愤激越的壮烈怀抱云云。"③可见豪放悲凉作风乃时势逼成,非某人特殊作风也。介存谓稼轩"敛雄心,抗高调,变温婉,成悲凉"④,悲凉亦异乎豪放,仍保有温婉于小令之中。

---

① 苏轼《念奴娇·赤壁怀古》:"大江东去,浪淘尽千古风流人物。故垒西边,人道是三国周郎赤壁。乱石崩云,惊涛裂岸,卷起千堆雪。江山如画,一时多少豪杰。　遥想公瑾当年,小乔初嫁,了雄姿英发。羽扇纶巾,谈笑间强虏灰飞烟灭。故国神游,多情应笑我早生华发。人间如梦,一尊还酹江月。"又,"小乔初嫁"一句断句,作者以为:论调"了"字当属下句,论意亦当属下句。"了"解作"全",如秦观《好事近·梦中作》"了不知南北"。

② 《词学》第一辑第 74 页。丛碧,即张伯驹(1898—1982),字家骐,号丛碧,河南项城人,收藏鉴赏家、书画家、诗词学家、京剧艺术研究家。

③ 《东坡乐府笺》序论。榆生,龙榆生(1902—1966),名沐勋,晚年以字行,号忍寒,词学家。

④ 《介存斋论词杂著》,第 12 页。

27

北宋无"豪放派",只有少数豪放词。东坡三百四十多首词中,有十首豪放词吗?向子諲①南宋时作的可称"豪放",北宋时作的《江北旧词》全是绮语。可见"豪放"与"婉约"主要是时代决定,不纯是个人作风。南宋辛、刘②、陈③诸人所作,因亡国的愤慨而发为"豪放",至南宋亡国时,则只有张玉田、王沂孙的颓废派了。

28

风景千古常在,常如斯夫,与诗人身世感慨无关,与词之"豪放""婉约"更无关,如有感触,寄情山水,亦非豪放。

---

① 向子諲(1085—1152),字伯恭,自号芗林居士。有《酒边词》,分为"江南新词"与"江北旧词"。
② 刘过(1154—1205),字改之,号龙洲道人。有《龙洲集》《龙洲词》。
③ 陈亮(1143—1194),字同甫,人称龙川先生。有《龙川文集》《龙川词》。

29

　　写景不是豪放,发牢骚不是豪放,感慨不是豪放(广武之叹不是豪放),送客惜别不是豪放,云愁雨恨不是豪放,夸张自负不是豪放,大言炎炎不是豪放,"老子从前比你阔,你算老几"不是豪放,"想当年老子抽三炮台……"不是豪放。吕恰慈①认为:用现成词语,不求甚解,不问原意,只是存储反应。随手牵来配上,其实不切作者原意。这些存储反应,无文学批评的价值。试问何为"豪放"?何为"婉约"?后者尚可引《玉台》之序②以为解释,至"豪放"二字,实毫无意义。

30

　　对词的大家来说,不但一个人作品丰富多彩,甚至一首词中也是如此。所以,没有一个人甚至没有一首词可以用派别名称来概括的。"大江东去"是豪放吗?除了写实的自然风物外,古人(周瑜)讨个漂亮的老婆(小乔),东坡也要发

---

　　① 吕恰慈(I. A. Richards,1893—1979),英国文艺理论家。
　　② 徐陵《玉台新咏》序:"阅诗敦礼,岂东邻之自媒;婉约风流,异西施之被教。"

小荷女史畫

思古之幽情,这也是豪放,也是"一洗绮罗香泽之态"①吗?

31

　　词本为抒情或应歌之作,至东坡而渐用以言志。此风经南宋而大畅,辛词遂以言志为主要内容。如果说"一洗绮罗香泽之态",指某一首词,也许可以这样说。但决不是"一洗"他的全部词作,更不是"一洗"当时的词坛。东坡不曾改变北宋一般词风,连他最接近的词友秦少游的作品也没改变。但他增加了一些"绮罗香泽"以外的东西,用"词"这个工具大量言志。后人见言志之作,非为女子而作,遂以为"一洗绮罗香泽"(然其作品中为女子作者仍为绝大多数)。且亦有后继之人,此后继者即被视为"豪放派",但所言之志不必即为"豪放",可以旷达,可以悲愤,可以哀怨,亦可以沉痛,何必皆为豪放?《三百篇》②中亦间有此类作品,岂《三百篇》亦有豪放派?屈原怨悱,宋玉悲秋,但从无人目为豪放派,为什么在宋词中忽然跑出一个豪放派来? 所以:苏辛有词,豪放无派;豪放有词,苏辛无派。

---

　　① 宋人胡寅《题酒边词》中语:"及眉山苏氏,一洗绮罗香泽之态,摆脱绸缪宛转之度,使人登高望远,举首高歌,而逸怀浩气,超然乎尘垢之外,于是《花间》为皂隶,而柳氏为舆台矣。"胡寅(1098—1156),字明仲。
　　② 指《诗经》。

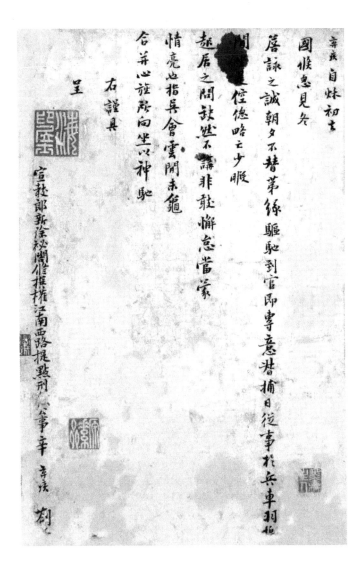

>>> 苏辛有词,豪放无派;豪放有词,苏辛无派。图为宋代辛弃疾手迹。

32

今世之论词者，多称东坡、稼轩为豪放词派，其他北宋词家为婉约派，不知何所据而云然。东坡《蝶恋花》①云："枝上柳绵吹又少，天涯何处无芳草？"何其哀怨委曲，真婉约之词。盖此本屈子《离骚》②之语，而世之注苏词者或指为淮南小山"王孙芳草"③之言。又如稼轩《贺新郎》④云，"啼到春归无寻处，苦恨芳菲都歇"，又何其萧杀乃尔，但此联亦仍是用屈原之意，"恐鹈鴂之先鸣兮，使夫百草为之不芳"。苏、辛之"豪放"固如是乎？而号称"婉约"之《珠玉词》

---

① 《蝶恋花》："花褪残红青杏小。燕子飞时，绿水人家绕。枝上柳绵吹又少。天涯何处无芳草。 墙里秋千墙外道。墙外行人，墙里佳人笑。笑渐不闻声渐悄。多情却被无情恼。"

② 《离骚》："索藑茅以筳篿兮，命灵氛为余占之。曰：两美其必合兮，孰信修而慕之？思九州之博大兮，岂惟是其有女？曰：勉远逝而无狐疑兮，孰求美而释汝？何所独无芳草兮，尔何怀乎故宇？"

③ 汉淮南小山《招隐士》："王孙游兮不归，春草生兮萋萋。"淮南小山，学者一般以为是西汉淮南王刘安的一部分门客的共称。

④ 《贺新郎·别茂嘉十二弟》："绿树听鹈鴂。更那堪、鹧鸪声住，杜鹃声切。啼到春归无寻处，苦恨芳菲都歇。算未抵人间离别。马上琵琶关塞黑，更长门翠辇辞金阙。看燕燕，送归妾。 将军百战声名裂，向河梁、回头万里，故人长绝。易水萧萧西风冷，满座衣冠似雪。正壮士悲歌未彻。啼鸟还知如许恨，料不啼清泪长啼血。谁共我，醉明月。"

《玉楼春》①之独有"芳菲次第长相续""莫为伤春眉黛蹙"之句,乘时转移,绝无愁绪。彼之所谓"豪放""婉约"者,不亦可以已乎?

33

世称东坡、稼轩为豪放词派,然东坡乐府三百四十首中豪放之作如"大江东去""老夫聊发少年狂"②"明月几时有"③不过三五首耳,④他的词多属于所谓"婉约"一派。不

---

① 《珠玉词》,晏殊词集。此《玉楼春》不在《珠玉词》,疑系作者笔误。《玉楼春》:"雪云乍变春云簇。渐觉年华堪送目。北枝梅蕊犯寒开,南浦波纹如酒绿。　芳菲次第还相续。不奈情多无处足。尊前百计得春归,莫为伤歌黛蹙。"《全宋词》作欧阳修词,别又作冯延巳词,见《阳春集》补遗。作者上引文字,同《阳春集》。

② 《江城子·密州出猎》:"老夫聊发少年狂,左牵黄,右擎苍。锦帽貂裘,千骑卷平冈。为报倾城随太守,亲射虎,看孙郎。　酒酣胸胆尚开张,鬓微霜,又何妨。持节云中,何日遣冯唐? 会挽雕弓如满月,西北望,射天狼。"

③ 《水调歌头》(丙辰中秋,欢饮达旦,大醉,作此篇,兼怀子由):"明月几时有,把酒问青天。不知天上宫阙,今夕是何年。我欲乘风归去,唯恐琼楼玉宇,高处不胜寒。起舞弄清影,何似在人间。　转朱阁,低绮户,照无眠。不应有恨,何事长向别时圆。人有悲欢离合,月有阴晴圆缺,此事古难全。但愿人长久,千里共婵娟。"

④ 据作者对《东坡乐府笺》三百余首词内容大体分类:以咏妓、赠妓、酬人妾、赠姬妾、闺情、闺怨、绮怀最多,约六十余首。行旅、感旧、怀人及送别、留别其次,各三十多首。气候、令节及应酬、宴饮再次之,各亦三十余首。咏物(绝大部分为咏花)约三十首。游览及咏景各十多首。游仙、求仙词约十首。其他如纪梦(包括绮梦)、说理、达观、述怀、希望、告老隐退、咏病、社会风俗、谈禅、调侃、文字游戏、集句等各三、四、五、六首不等。

见三百多首婉约缠绵哀感温馨之作,而但举其三数粗豪之作,而斤斤辩论曰东坡为豪放之主,真自欺欺人之谈。且东坡才高而宦途蹭蹬,郁塞牢骚之气远胜于豪放,不若稼轩少年时即率军转战南北,归顺南宋,"壮岁旌旗拥万夫",乃是实事。若东坡作此语则虚夸可嗤矣。稼轩又云:"却将万字平戎策,换得东家种树书。"此种感慨,又岂东坡所能梦见哉!

34

凡强分宋词为"豪放""婉约"两派者,乃欲放婉约之"郑声",定宋词于"豪放"之一尊耳。无奈北宋无此豪放一派耳。

35

东坡词大多数充满"绮罗香泽之态",作"一洗说"者非谎言即大言欺人。东坡半"洗"也没"洗"过"绮罗香泽之态",盲从者何其多也。

36

　　不但辛弃疾,即以苏轼而论,他那首被众口一词指为"豪放派"词的铁证的,也没有能够"一洗绮罗香泽之态"。他一开始说"浪淘尽千古风流人物",可是他并没有忘记美人小乔,她也没有被浪淘尽。既有小乔,当然也有"绮罗香泽",否则她在当年陪着羽扇纶巾的公瑾,身上不穿绮罗,发上不施香泽么?连"豪放派"的头头写最豪放的词句,也不免露出"绮罗香泽",可见要古人"一洗绮罗香泽",实在不容易。

37

　　稼轩有二龙(龙洲、龙川)为之辅翼,故能成派,然不得谓之豪放。南渡以后,士大夫感慨万状,豪而不放。

为什么反对将宋词分为"豪放""婉约"二派？因为：

（一）用孤立的两个字概括某大作家的作品是不正确的，不公平的，不科学的。

（二）使读者不能全面地认识某个作家，误认为某人之美尽于斯矣。

（三）养成学术上专制、独裁的学风。你只要提出别的批评，就是反对"豪放"。

（四）抹杀作家作品除"豪放"以外的一切优点，远远超过"豪放"的优点，使某一大作家多种多样的作品统一于一个名词之下。

（五）机械的分派，堵塞了自由研究之路。我们主张自由研究，把批评家、鉴赏家从人云亦云，随口附和的懒惰恶习中解放出来，不再受分派的牢笼束缚。

（六）分派有必要吗？完全没有。一个批评家只有在失去了具体问题具体分析的能力时，才只好乞灵于分派这个以偏概全的笨办法。

（七）说苏是豪放派，是挂十漏三百。

（八）苏轼的上百种姿态深意，用"豪放"这顶大帽子一盖，就抹杀或掩盖了其余九十九种优点。

（九）试问哪一首苏词洗了"绮罗香泽之态"？

（十）是苏学柳永，还是柳永学苏？

39

　　研究词,有一总原则,即:读词必须研究词本身,万不可信索隐派微言大义、寄托深远等妄言。此风起于张惠言①《词选》序文,将温庭筠之美人起居词曲解为"感士不遇也"②。其后常州派③风行一时,周济、陈廷焯均此遗流。近世论词者亦不免,或明知其非而不得不作敷衍门面语。

40

　　皋文《词选》序谓:词者,"缘情造端,兴于微言""以道贤人君子幽约怨悱不能自言之情""盖诗之比兴"云云。既不能"自言",则谁为道之?将非倩人捉刀乎?有言自张选出而词体遂尊,我谓自张选出而词体遂伪。词导源于酒令

---

① 张惠言(1761—1802),字皋文,为常州词派开山。词集有《茗柯词》,并辑《词选》。其《词选序》为常州词派理论纲领。
② 见张惠言《词选》评温庭筠《菩萨蛮》:"此感士不遇也。""'照花'四句,《离骚》初服之意。"
③ 常州派,清嘉庆以后重要词派,以张惠言为首,强调比兴寄托。常州派对清词发展影响甚大。

舞曲，其为体亦如歌姬舞女。至宋有苏、辛为文士之情歌豪语，是为别体。张氏妄附比兴，饰舞女为保傅，遂令人作呕矣。后世伪君子以之为逋逃薮，以掩其乡愿之迹，尤为可鄙。

41

唐人诗多闺怨，乃代思妇立言，词亦多闺怨，但未标题，又多为歌女行酒令时所写，小令之"令"字原意如此。后世往往以艳词比忠君爱国之寄托，遂忘当时本为代歌女立言之事。明明为女子口吻，而犹强作忠爱之说，犹如翠缕对史湘云谈阴阳①，以为主子是阳，奴才是阴，其无知殆与不学之小婢等。

42

复堂之"作者之用心未必然，而读者之用心何必不然"②，乃随心所欲，教人造谣，欺人太甚。实乃对真理的嘲

---

① 见《红楼梦》第三十一回。
② 《复堂词话》第一则。

弄,良知的奸污。只要良知未泯,常识尚存,无不可见其妄。

43

亦峰曰:"古人诗词,有不容穿凿者,有必须考镜者,明眼人自能辨之。否则徒为大言欺人,彼方自谓识超,吾直笑其未解。"①"大言欺人",妄加穿凿,正是夫子自道。

44

亦峰论作词,曰:"首贵沉郁,沉则不浮,郁则不薄。""不根柢于《风》《骚》,乌能沉郁?十三国变风,二十五篇《楚词》,忠厚之至,亦沉郁之至,词之源也"②云云,全是故弄玄虚,以欺初学。为学不诚,直乃大言欺人耳。又曰:"舍沉郁之外,更无以为词。"③二语为全书④本旨,亦为作者狭见,实不足取。

---

① 《白雨斋词话》卷二,第四七则。
② 《白雨斋词话》卷一,第三则。
③ 《白雨斋词话》卷一,第四则。
④ 指《白雨斋词话》。

45

亦峰曰:"所谓沉郁者,意在笔先,神余言外。写怨夫思妇之怀,写孽子孤臣之感。"真是文字游戏,了无意义。继曰:"凡交情之冷淡,身世之飘零,皆可于一草一木发之。而发之又必若隐若现,欲露不露,反复缠绵,终不许一语道破。"此其所以沦为谜语也。又曰:"飞卿词,如'懒起画蛾眉,弄妆梳洗迟'①,无限伤心,溢于言表"②云云。真乃活见鬼。

46

亦峰评清真词,曰"然其妙处,亦不外沉郁顿挫"③云云。又弄玄虚。何谓"沉郁"?何谓"顿挫"?造此二怪名词,连自己也不知所云,若知所云,为何说不明白?

---

① 温庭筠《菩萨蛮》:"小山重叠金明灭,鬓云欲度香腮雪。懒起画蛾眉,弄妆梳洗迟。 照花前后镜,花面交相映。新贴绣罗襦,双双金鹧鸪。"
② 《白雨斋词话》卷一,第八则。
③ 《白雨斋词话》卷一,第四七则。

47

亦峰论词,有时竟以诗词为占卜、谶语,如:刘伯温"以开国元勋,而作此衰感语,盖已兆胡惟庸之祸矣"①。妄哉!及其不验,又叹问:"(高季迪)先生能言之,而终不自免,何耶?"②头脑冬烘,一至于此!又曰:叶元礼词"纤小柔媚,皆无一毫丈夫气,宜其夭亡也"③。无丈夫气便夭亡,是何逻辑?

48

静安论古今成大事业之三种境界④,此亦附会之谈,非作者本意。"衣带渐宽终不悔,为伊消得人憔悴"⑤语出于

---

① 《白雨斋词话》卷三,第一一则。
② 《白雨斋词话》卷三,第一二则。
③ 《白雨斋词话》卷三,第四七则。
④ 《人间词话》第二六则。
⑤ 柳永《凤栖梧》:"伫倚危楼风细细。望极春愁,黯黯生天际。草色烟光残照里。无言谁会凭阑意。 拟把疏狂图一醉。对酒当歌,强乐还无味。衣带渐宽终不悔,为伊销得人憔悴。"此词又见欧阳修。以上据《全宋词》。静安原稿自注欧阳永叔。按《全宋词》录欧《蝶恋花》与此词有数字出入。

古诗"相去日已远,衣带日以缓"①,沈约革带移孔②亦即此意,无非说相思瘦损,与其他何涉?

49

或以为寄托说之误,在于不承认某联想只为读者个人之一得。即以"联想"而论,其亦为厚诬作者,强做解人,以欺初学之读者而已,安得自诩为"读者之一得"!

50

或谓张惠言之寄托说可以校正浙西③、阳羡④二派末流

---

① 古诗:"行行重行行,与君生别离。相去万余里,各在天一方。道路阻且长,会面安可知。胡马依北风,越鸟巢南枝。相去日已远,衣带日已缓。浮云蔽白日,游子不顾反。思君令人老,岁月忽已晚。弃捐勿复道,努力加餐饭。"

② 沈约《与徐勉书》:"而开年以来,病增虑切……外观傍览,尚似全人,而形骸力用,不相综摄。……百日数旬,革带常应移孔;以手握臂,率计月小半分。以此推算,岂能支久?"

③ 浙西词派,清康、乾时期重要词派,以朱彝尊为首,标举南宋,推崇姜(白石)、张(玉田)。朱彝尊(1629—1709),字锡鬯,号竹垞,又号金风亭长,小长芦钓鱼师。有《曝书亭集》,辑《词综》等。

④ 阳羡词派,以陈维崧为领袖,与浙西派同在词坛并峙称雄。陈维崧(1625—1682),字其年,号迦陵。有《湖海楼诗文词全集》。

的空疏及粗率之弊。实则谈不到校正,只是制造混乱而已。

51

碧山咏物词,藉咏物寓寄托,被讥为晦涩的灯谜。或辩之曰:灯谜不需要任何情意的感动,而咏物词中之寄托则以情意之感动为主,只因不能直笔抒写,致使读者未能体会其中所具有的兴发感动之力云。其实不尽然。《红楼梦》中谜语皆有情意感动。至于词中"兴发感动之力",若只蕴藏于中,不能感动兴发读者,又有何用?

52

有举《圣经》中《雅歌》为证,以为越是香艳的体式,越有被用为托喻的可能。此说毫无理论根据。《雅歌》只是情诗而已,后人附会之说不可信。

>>> 《红楼梦》中谜语皆有情意感动。图为清代孙温所作《全本红楼梦图》(局部)。

吴世昌

53

蕙风曰:"词贵有寄托。所贵者流露于不自知,触发于弗克自已。身世之感,通于性灵。即性灵,即寄托,非二物相比附也。横亘一寄托于搦管之先,此物此志,千首一律,则是门面语耳,略无变化之陈言耳。于无变化中求变化,而其所谓寄托,乃益非真。""夫词如唐之《金荃》,宋之《珠玉》①,何尝有寄托,何尝不卓绝千古;何庸为是非真之寄托耶?"②此反对寄托说也,所论甚是。称心而言,人亦易足。

54

静安曰:"固哉,皋文之为词也!飞卿《菩萨蛮》、永叔《蝶恋花》、子瞻《卜算子》③皆兴到之作,有何命意?皆被皋

---

① 《金荃》,温庭筠词集;《珠玉》,晏殊词集。
② 《蕙风词话》卷五,第三二则。
③ 《卜算子·黄州定慧院寓居作》:"缺月挂疏桐,漏断人初静。谁见幽人独往来,缥缈孤鸿影。 惊起却回头,有恨无人省。拣尽寒枝不肯栖,寂寞沙洲冷。"

文深文罗织。"①(见《人间词话》删稿第二五则)此说甚是。据此则坡公《水龙吟》(和章咏絮)②,尤不可深求。《贺新郎》("乳燕飞华屋")③同此。

55

叶嘉莹论诗词寄托,谓我国自古将文艺依附于道德之上,"是以不写成为有寄托之作,则不足以自尊;不解成为有寄托之作,则不足以尊人"④。案后世文字狱亦因之而起。

---

① 张惠言《词选》评温词:"此感士不遇也。""'照花'四句,《离骚》初服之意。"评欧词:"'庭院深深',闺中既以邃远也。'楼高不见',哲王又不寤也。'章台游冶',小人之径。'雨横风狂',政令暴急也。'乱红飞去',斥逐者非一人而已,殆为韩、范作乎?"评苏词:"此东坡在黄州时作。鲖阳居士云'缺月',刺明微也。'漏断',暗时也。'幽人',不得志也。'独往来',无助也。'惊鸿',贤人不安也。'回头',爱君不忘也。'无人省',君不察也。'拣尽寒枝不肯栖',不偷安于高位也。'寂寞沙洲冷',非所安也。此词与《考槃》诗极相似。"
② 《水龙吟·次韵章质夫杨花词》:"似花还似非花,也无人惜从教坠。抛家傍路,思量却是,无情有思。萦损柔肠,困酣娇眼,欲开还闭。梦随风万里,寻郎去处,又还被,莺呼起。 不恨此花飞尽,恨西园,落红难缀。晓来雨过,遗踪何在?一池萍碎。春色三分,二分尘土,一分流水。细看来不是,杨花点点,是离人泪。"按末三句的断句,乃作者依词牌格律定。
③ 《贺新郎》:"乳燕飞华屋。悄无人桐阴转午,晚凉新浴。手弄生绡白团扇,扇手一时似玉。渐困倚孤眠清熟。帘外谁来推绣户,枉教人梦断瑶台曲。又却是,风敲竹。 石榴半吐红巾蹙。待浮花浪蕊都尽,伴君幽独。秾艳一枝细看取,芳心千重似束。又恐被秋风惊绿。若待得君来向此,花前对酒不忍触。共粉泪,两簌簌。"参见《词林新话》卷三,第77则。
④ 《迦陵论词丛稿》,第15页。叶嘉莹(1924—),号迦陵,古典文学专家,有《迦陵诗词稿》《迦陵论诗丛稿》《迦陵论词丛稿》等。

"明朝期振翮,一举去清都"其显例也①。寄托说之为害,可胜道哉!按最早之寄托诗,当为杨恽之"种豆"诗②。

56

丛碧曰:"余以为有其词,不必有其事,后人但赏好词。有其事不必问,无其事更不可加以附会。"卓识。又曰:"蓼园论词,颇与张皋文同病,好强作解事。"③真快人快语。

57

有的人被索隐派俘虏,是因为索隐派自有一种"我比你强"的优越感,所以不断有人自动加入这派,愿做俘虏。索隐派自以为别人只知其一,他知其二,别人只知其表,他知其里。

---

① 清代徐述夔《游仙诗》中句。徐因此诗父子戮尸,孙子充军黑龙江。
② 杨恽《答孙会宗书》:"田家作苦,岁时伏腊,烹羊炰羔,斗酒自劳。家本秦也,能为秦声,妇赵女也,雅善鼓瑟。奴婢歌者数人。酒后耳热,仰天拊缶而呼乌乌。其歌曰:'田彼南山,芜秽不治。种一顷豆,落而为萁。人生行乐耳,须富贵何时。'"
③ 《词学》第一辑,第71页、第76页。

民初词客及词论者竞尚比兴寄托之说，其故有三：一为遮羞布，遮其冶游挟妓之羞；二为遮其不学无知妄说之羞，如陈廷焯不知吴梅村赠妓用油蔚赠别营妓卿卿诗(《才调集》卷七)，以为"坡仙化境"①；三为掩护其怀念清帝，妄冀复辟之逆说，《彊村丛书》②序文不用民国年号，而用宣统甲子，即为铁证。民国时期陈曾寿③奔走于各伪组织之间，以谋其"志业"，不成则发为不通之慢词，亦可作证。寄托说有百弊而无一利，不必为他们遮羞。

---

①　梅村《临江仙·逢旧》："落拓江湖常载酒，十年重见云英。依然绰约掌中轻。灯前才一笑，偷解砑罗裙。　薄幸萧郎憔悴甚，此生终负卿卿。姑苏城上月黄昏。绿窗人去后，红粉泪纵横。"此词实杂凑唐人杜牧《遣怀》诗："落魄江湖载酒行，楚腰纤细掌中轻。十年一觉扬州梦，赢得青楼薄幸名。"及油蔚《赠别营妓卿卿》："怜君无那是多情，枕上相看直到明。日照绿窗人去后，鸦啼红粉泪纵横。愁肠只向金闺断，白发应从玉塞生。为报花时少惆怅，此生终不负卿卿。"而为之。《白雨斋诗话》卷三，第二二则称："惟梅村高者，有与老坡神似处……如《临江仙·逢旧》结句云：'姑苏城外月黄昏，绿窗人去住，红粉泪纵横。'哀艳而超脱，直是坡仙化境。"

②　朱祖谋校刻之唐、宋、金、元词集。朱祖谋(1857—1931)，一名孝臧，字古微，号沤尹，又号彊村。其词集名《彊村语业》。

③　陈曾寿(1878—1949)，字仁先。有《旧月簃词》。

59

　　《人间词话》首九则论境界,有纲有目。但此说本于皎然①,非静安独创。皎然《秋日遥和卢使君游何山寺宿敡上人房论涅槃经义》②云:"诗情缘境发。"《诗式》云:"诗人之思初发取境偏高,则一首举体便高,取境偏逸,则一首举体便逸。"又曰:"静,非如松风不动,林狖未鸣,乃谓意中之静。远,非如森森望水,杳杳看山,乃谓意中之远。"王国维对此说之贡献在于用"有我""无我"之说,指陈具体境界,便觉皎然之说空洞而无所附丽,故世之论者往往举王氏而逸皎然也。

60

　　静安曰:"有有我之境,有无我之境。""有我之境,以我观物,故物皆著我之色彩。无我之境,以物观物,故不知何者为我,何者为物。"③有我者,谓有作者自己之思想感情注入所写之境中。无我之境则但写客观环境之景物现象,自

---

　　① 皎然(约720—约805),唐诗僧。本姓谢,字清昼。有《诗式》等。
　　② 全诗为:"江郡当秋景,期将道者同。迹高怜竹寺,夜静赏莲宫。古磐清霜下,寒山晓月中。诗情缘境发,法性寄筌空。翻译推南本,何人继谢公。"
　　③ 《人间词话》第三则。

然高妙,但与我无涉。

61

静安曰:"'红杏枝头春意闹'①,著一'闹'字,而境界全出。'云破月来花弄影'②,著一'弄'字,而境界全出矣。"③"闹"字"弄"字,无非修辞格中以动词拟人之例,古今诗歌中此类用法,不可胜数。

62

静安曰:"太白纯以气象胜。'西风残照,汉家陵阙'④

---

① 此宋祁《玉楼春》中句。宋祁(998—1062),字子京,有《宋文景公长短句》辑本。《玉楼春》:"东城渐觉风光好。縠皱波纹迎客棹。绿杨烟外晓寒轻,红杏枝头春意闹。　浮生长恨欢娱少。肯爱千金轻一笑。为君持酒劝斜阳,且向花间留晚照。"
② 张先《天仙子》:"水调数声持酒听,午醉醒来愁未醒。送春春去几时回?临晚镜,伤流景,往事后期空记省。　沙上并禽池上暝,云破月来花弄影。重重帘幕密遮灯,风不定,人初静,明日落红应满径。"张先(990—1078),字子野,有《安陆集》,不传,词有后人辑本。
③ 《人间词话》第七则。
④ 李白《忆秦娥》:"箫声咽,秦娥梦断秦楼月。秦楼月,年年柳色,灞陵伤别。　乐游原上清秋节,咸阳古道音尘绝。音尘绝,西风残照,汉家陵阙。"

>>> 静安曰："太白纯以气象胜。"图为清代苏六朋《太白醉酒图》。

寥寥八字,遂关千古登临之口。后世唯范文正公之《渔家傲》①,夏英公之《喜迁莺》②差足继武,然气象已不逮矣。"③此即形象思维,但又不止形象思维,且有感觉思维在内。形象思维亦是一种感觉,但感觉思维除视觉外,兼用听觉触觉,乃至合成逻辑思维。

63

《渚山堂词话》④云:"昔人谓:凡诗言富贵者,不必规规然语夫金玉锦绮。唯言气象而富贵自见,乃为真知富贵者。"⑤并举瞿山阳《巫山一段云》⑥为证。按此词较之晏殊

---

① 范仲淹《渔家傲》:"塞下秋来风景异。衡阳雁去无留意。四面边声连角起。千嶂里,长烟落日孤城闭。　浊酒一杯家万里。燕然未勒归无计。羌管悠悠霜满地。人不寐,将军白发征夫泪。"范仲淹(989—1052),字希文,词有《范文正公诗余》辑本。

② 夏竦《喜迁莺》:"霞散绮,月沉钩。帘卷未央楼。夜凉河汉截天流。宫阙锁清秋。　瑶阶曙。金盘露。凤髓香和烟雾。三千珠翠拥宸游,水殿按凉州。"夏竦(984—1050),字子乔,封英国公,别称夏文庄、夏英公。著有《夏文庄集》,不传,词有后人辑本。

③ 《人间词话》第十则。

④ 明人陈霆撰。陈霆(约1477—约1550),字声伯。著有《渚山堂诗话》《渚山堂词话》等。

⑤ 《渚山堂词话》第九则。

⑥ 瞿祐《巫山一段云》:"扇上乘鸾女,屏间跨鹤仙。博山香袅水沉烟。飞燕蹴筝弦。　水簟波痕细,风车月晕圆。银瓶引绠汲新泉。培养并头莲。"(《渚山堂词话》引)瞿祐(1347—1433),字宗吉,号存斋。钱塘(今杭州)人,一说山阳(今淮安)人,元末明初文学家。

"梨花院落"①一联仍远不如。推此说而广之,则言情言别,亦不必用情爱愁恨折柳离怀字样,而只须说别情气象即可。余旧有《临江仙》②云:"卷絮轻风漫漫,漂花流水迟迟。每从零落见春姿:去年人别后,今日独来时。"庶几近之。

64

有人论大晏词,将人对事物感受分为两种,一种以感官感受,所得为事物形体迹象;一种以心灵感受,所得为事物气象神情。并以富贵为例,谓前者所见为富贵之物质,后者所见为富贵之气象。然则脱离感官,心灵岂能感受?所谓"富贵气象"亦只是富贵之物质之条件反射而已。或曰富贵气象乃从富贵物质中提炼出来。

---

① 晏殊《寓意》:"油壁香车不再逢,峡云无迹任西东。梨花院落溶溶月,柳絮池塘淡淡风。几日寂寥伤酒后,一番萧瑟禁烟中。鱼书欲寄何由达,水远山长处处同。"

② 《临江仙》:"卷絮轻风漫漫,漂花流水迟迟,每从零落见春姿:去年人别后,今日独来时。 料得两弯浅黛,能藏几许深思。况添颦蹙数归期。为他温旧梦,泥我写新词。"(见《罗音室诗词存稿》增订本,第66页)

>>> 有人论大晏词,将人对事物感受分为两种,一种以感官感受,所得为事物形体迹象;一种以心灵感受,所得为事物气象神情。图为无名氏所绘晏殊词意画。

65

静安曰:"诗人对宇宙人生,须入乎其内,又须出乎其外。入乎其内,故能写之。出乎其外,故能观之。入乎其内,故有生气。出乎其外,故有高致。"① "入乎其内",即移情体会,设身处境而写之。"出乎其外",即不为物役,不欲占有。西方美学家称之为 disinterested, indifferent, detached。如观裸体美女,但欣赏其体格曲线之美,而无淫欲之念,不思占为己有。然此不易为世俗人言之也。

66

静安曰:"诗人必有轻视外物之意,故能以奴仆命风月。又必有重视外物之意,故能与花鸟共忧乐。"② 此二者特修辞学上之拟人格耳,无所谓重视轻视也。

---

① 《人间词话》第六〇则。
② 《人间词话》第六一则。

填词之道，不必千言万语，只二句足以尽之。曰：说真话；说得明白自然，切实诚恳。前者指内容本质，后者指表达艺术。《易》曰"修辞立诚"，要不外此。论古今人词，亦不必千言万语，只此二句足以衡之：凡是真话，深固可贵，浅亦可喜。凡游词遁词，皆是假话。"岂不尔思？室是远而！"伪饰之情，如见肺腑。故圣人恶之。依此绳准，则知晚唐五代词之可贵，即在其所说大都真话。其名物形象，皆即景写实。虽去今已远，乍看惟见金绣灿烂，然在当时，固皆眼前实物，身上衣著。故至今读之，犹有真切之感。降而至于屯田之楚馆秦楼，小山之歌儿酒使，愁恨缠绵，情思宛转，形诸楮笔，其语率真。有东坡之豁达，则其豪语皆真。有稼轩之高迈，则其壮语皆真。有美成之深挚，则其情语皆真。有梅溪①之韵致，则其绮语皆真。唯大晏身历富贵，斯能道富贵景象。唯文正亲戍边塞，故能传边塞气概。武穆②忠勇，乃有沥血之辞。放翁义愤，

---

① 史达祖(1163—约1220)，字邦卿，号梅溪，南宋时人。有《梅溪词》。
② 岳飞(1103—1141)，字鹏举。抗金名将，谥武穆。有《岳忠武王文集》。传《满江红(怒发冲冠)》为其所作。

>>> 岳武穆忠勇,乃有沥血之辞。图为宋代岳飞手迹。

後出師表

先帝慮漢賊不兩立王業不偏安故託臣以討賊也以先帝之明量臣之才故知臣伐賊才弱敵強也然不伐賊王業亦亡惟坐而待亡孰与伐之是故託臣而弗疑也臣受命之日寢不安席

遂成立懦之文。白石之言情，未畅欲言，故其词低徊；其伤时，又多顾忌，故其语含糊。低徊则妙见思致，含糊则寖失本色。梦窗碧山以下，虽言情亦不免含糊。而伤时之作，尤矫揉晦涩，不可卒读。虽其情可原，而于文无取。后人强为之辩，解词遂似解谜。逊清选家，乃欲以解碧山玉田者解飞卿正中，乃至竹垞杏庄①之词，诚非所敢知也。世之苦节臞儒，晚爱裙裾之乐。既作旖旎之篇，又欲掩其真情。往往闪烁其辞，号称寄托，以乱人耳目，则主其说者，不能辞其咎也。自寄托之说兴，而深涩之论作。推而衍之，则曰沉郁②曰重拙。于是言情者曲讳其情，感事者故掩其事。倡是说者，若皋文、复堂、亦峰、夔笙诸君，今观其己作，亦未尝无斐然可诵之篇。然辄巧为缘饰，不欲以真情相见。甚至前人之作，亦被曲解。如正中《蝶恋花》明言闲情，而皋文既解作

---

① 杏庄，清人左辅(1751—1833)之号
② 见陈廷焯《白雨斋词话》卷一："作词之法首贵沉郁，沉则不浮，郁则不薄。""词则舍沉郁之作，更无以为词。""所谓沉郁，意在笔先，神余笔外……凡交情之冷淡，身世之飘零，皆可于一草一木发之，而发之又必若隐若现，欲露不露，反复缠绵，终不许一语道破。"

忠爱,又斥其大言;卒乃指为排间异己。① 竹垞《金缕曲(初夏)》②明言"簸钱",显用欧阳永叔故事,坦率可爱,而复堂乃谓"人才进退,所感甚深"。此皆不惜强古人就我,以自圆其说。于是世之好为模棱两可之语者,竞趋于乡愿之途,以为不尔则不成其寄托、深涩、沉郁、重拙之功。古人所谓比兴美刺,言近旨远者,岂如是哉!乡愿之词起,而清朗、秀逸、慷慨、率真之气,遂不易见于吟咏性情、抚时感事之作,此近世词风之所以不振也。第欲返此积习,以复元真,惟有先溯其源,求之两宋。然后直摅所感,创拓新境。盖言情为汴梁所尚,述志以南宋为善。以言明白自然,清丽宛转,千古无如小山。真切恳挚,结构精严,百家首推片玉。至如蕴藉婉约,意流韵外,则淮海所长。沉着雄健,言随旨远,唯稼轩独步。然皆不失其真。长调最易堆砌,而咏物尤甚。南宋各家,或以此藏拙,而去真弥远。堆砌而外,益以吞吐含糊之语,搔首弄姿之态,遂愈少佳构。盖真情流露,诚动于

---

① 《词选》评正中《蝶恋花》曰:"忠爱缠绵,宛然《骚》《辩》之义。延巳为人,专蔽嫉妒,又敢为大言,此词盖以排间异己者。其君之所以信而不疑也。"

② 朱彝尊《金缕曲·初夏》:"谁在纱窗语?是梁间、双燕多愁,惜春归去。早有田田青荷叶,占断板桥西路。听半部、新添蛙鼓。小白鸶红都不见,但惺惺门巷吹香絮。绿阴重,已如许! 花源岂是重来误?尚依然、倚杏雕栏,笑桃朱户。隔院秋千看尽坼,过了几番疏雨。知永日、簸钱何处?午梦初回人定倦,料无心肯到闲庭宇。空搔首,独延伫。""簸钱"故事见欧阳修《望江南》:"江南柳,叶小未成阴。人为丝轻那忍折,莺嫌枝嫩不胜吟。留著待春深。 十四五,闲抱琵琶寻。阶上簸钱阶下走,恁时相见早留心。何况到如今。"谭献《箧中词》评朱词:"人才进退,知己难寻,所感甚深。"

中;脱口而出,每不能以长调范之。必也大才如柳、周、苏、辛诸公,而其深挚、委曲、慷慨、悲愤之情,又足以副其才者,始克为之。小令易作而难工。缀五七字句,状春秋景物,凡能诗者,咸优为之。至若即景传情、缘情述事、就事造境、随境遣怀,则南渡以后,虽大家有未逮焉。古今小令之佳者,不必出自名手。羁夫怨女,触物感事,随口信手,可成绝唱。是以知天籁之发,一本真情;好语自然,不关学力也。读此卷者,如准上所言,以施绳墨,则瑕瑜可见,而月旦无妄矣。

68

止庵曰:"初学词求空。"①此论不然。初学词求实忌空,必须言之有物。以温、韦为例,何一语不实?初学即求空,岂非教学者作空话、假话——空之与假相去几何?止庵此说深中"常州派"之毒而不自知,更以谬说误人子弟,可叹可悲。又曰:"初学词求有寄托。"亦不然。初学词不必求寄托。寄托者言近旨远,老手偶能得之。寄托之与虚妄亦相去不远。教人初学求寄托,是教人言不由衷也。

---

① 《介存斋论词杂著》第七则。

69

蕙风论填词之道:"一曰多读书,二曰谨避俗。俗者,词之贼也。"①末句大谬。大家不避俗,正如富贵不避布衣,暴发户才不敢穿布衣。

70

蕙风曰:"境之穷达,天也,无可如何者也。雅俗,人也,可择而处者也。"②但刻意求雅,则雅得太俗矣!

---

① 《蕙风词话》卷一,第六则。
② 《蕙风词话》卷一,第七则。

71

亦峰曰:"少游美成,词坛领袖也。所可议者,好作艳语,不免于俚耳。故大雅一席,终让碧山。"① 又是"大雅""碧山",令人作呕。作词而不许有艳语俚语,如做菜不许用调料油盐,吃鱼不许有鱼味,嗅花不许有花香,方算"大雅"知味,此是何等荒谬语。不特失其词味,不近人情,且数典忘祖。岂"窈窕淑女"非艳语乎,十五《国风》中晦翁所谓女惑男之词非艳语乎?岂《云谣》②《花间》无艳语俚语乎?此论荒谬之极!

72

亦峰曰:"白石词,雅矣正矣,沉郁顿挫矣。然以碧山较之,觉白右犹有未能免俗处。"③ 曰"未能免俗",意在求"雅",此正"未能免俗",或雅得太"俗"。其所谓白石俗处,

---

① 《白雨斋词话》卷二,第四四则。
② 唐敦煌曲子词集。
③ 《白雨斋词话》卷二,第四三则。

当指《鹧鸪天》诸阕①,则正是白石近乎人情处。白石非仙人也,安得不俗乎?若到真"免俗",则无人味矣。世之一味求雅者,正是俗不可耐耳。

73

亦峰曰:"词法莫密于清真,词理莫深于少游,词笔莫

---

① 白石《鹧鸪天》,《全宋词》载七首:
"京洛风流绝代人。因何风絮落溪津。笼鞋浅出鸦头袜,知是凌波缥缈身。　红乍笑,绿长嚬。与谁同度可怜春。鸳鸯独宿何曾惯,化作西楼一缕云。"
"曾共君侯历聘来。去年今日踏莓苔。旌阳宅里疏疏磬,挂屩枫前草草杯。　呼煮酒,摘青梅。今年官事莫徘徊。移家径入蓝田县,急急船头打鼓催。"
"柏绿椒红事事新。隔篱灯影贺年人。三茅钟动西窗晓,诗鬓无端又一春。　慵对客,缓开门。梅花闲伴老来身。娇儿学作人间字,郁垒神荼写未真。"
"巷陌风光纵赏时。笼纱未出马先嘶。白头居士无呵殿,只有乘肩小女随。　花满市,月侵衣。少年情事老来悲。沙河塘上春寒浅,看了游人缓缓归。"
"忆昨天街预赏时。柳悭梅小未教知。而今正是欢游夕,却怕春寒自掩扉。　帘寂寂,月低低。旧情惟有绛都词。芙蓉影暗三更后,卧听邻娃笑语归。"
"肥水东流无尽期。当初不合种相思。梦中未比丹青见,暗里忽惊山鸟啼。　春未绿,鬓先丝。人间别久不成悲。谁教岁岁红莲夜,两处沉吟各自知。"
"辇路珠帘两行垂。千枝银烛舞僛僛。东风历历红楼下,谁识三生杜牧之。　欢正好,夜何其。明朝春过小桃枝。鼓声渐远游人散,惆怅归来有月知。"

>>> "三百篇"之《国风》,亦正山歌樵唱也。图为宋代马和之所绘《诗经·唐风·采苓》诗意画。

超于白石,词品莫高于碧山,皆圣于词者。而少游时有俚语,清真、白石间亦不免,至碧山乃一归雅正。后之为词者,首当服膺勿失;一切游词滥语,自无从犯其笔端。"①以俚语为"游词滥语",以碧山为"雅正""词品莫高于碧山",大谬。

74

亦峰曰:"山歌樵唱,里谚童谣,非无可采,但总不免俚俗二字,难登大雅之堂。"又曰:"《风》《骚》自有门户,任人取法不尽,何必转求于村夫牧竖中哉!"②此论谬极。三百篇之《国风》,亦正山歌樵唱也。

75

蕙风曰:"学填词,先学读词。抑扬顿挫,心领神会。日久,胸次郁勃,信手拈来,自然丰神谐鬯矣。"③所言极是!

---

① 《白雨斋词话》卷二,第六二则。
② 《白雨斋词话》卷六,第九五则。
③ 《蕙风词话》卷一,第三九则。

76

自清末以来,评词者往往抑柳扬苏。盖皆站在士大夫立场评论,觉柳之鄙俚,推苏之雅正。实则词之为体,出自民间,正要有俚语以见其本色。故苏欲求俚而自恨不可得(见其与鲜于子骏书①中解嘲),如《雨中花慢》②"负泪"之说,即抄自柳词。今之评词者,如能站在第三者立场,从士大夫正统观念中解放出来,则不当以柳之鄙俚为病。柳词以外,周、秦、黄、张(先)③,又何尝不用俚语,特评者不察耳。

77

蕙风以为"诗笔固不宜直率,尤切忌刻意为曲折。以曲

---

① 东坡与鲜于子骏书:"近却颇作小词,虽无柳七郎风味,亦自成一家。"(刘熙载《艺概》引)可见他从无贬柳之意,承认柳词为本色标准词。详见《罗音室学术论著》第二卷:《有关苏词的若干问题》。

② 苏词《雨中花慢》:"嫩脸羞蛾因甚,化作行云,却返巫阳。但有寒灯孤枕,皓月空床。长记当初,乍谐云雨,便学鸾皇。又岂料正好三春桃李,一夜风霜。 丹青□画,无言无笑,看了漫结愁肠。襟袖上犹存残黛,渐减余香。一自醉中忘了,奈何酒后思量。算应负你,枕前珠泪,万点千行。"柳词《忆帝京》:"薄衾小枕天气,乍觉别离滋味。展转数寒更,起了还重睡。毕竟不成眠,一夜长如梦。 也拟待、却回征辔。又争奈、已成行计。万种思量,多方开解,只恁寂寞厌厌地。系我一生心,负你千行泪。"

③ 周、秦、黄指周邦彦、秦观、黄庭坚。黄庭坚(1045—1105),字鲁直,号山谷、涪翁。有《山谷集》。

折药直率,即已落下乘"①。然则意境高则不怕直率,无真情则不免曲折。

78

蕙风曰:作词"当于无字处为曲折,切忌有字处为曲折"②。余谓无字处为曲折,意之深也;有字处为曲折,辞之戏也。

79

蕙风曰:"词不嫌方。能圆,见学力。能方,见天分。但须一落笔圆,通首皆圆。一落笔方,通首皆方。圆中不见方,易。方中不见圆,难。"③圆谓纯熟,方谓严整。

---

① 《蕙风词话》卷一,第八则。
② 《蕙风词话》卷一,第九则。
③ 《蕙风词话》卷一,第一一则。

>>> 自清末以来,评词者往往抑柳扬苏。图为清代费丹旭所作的柳永词意画。

80

蕙风曰:"作词最忌一'矜'字。矜之在迹者,吾庶几免矣。其在神者,容犹在所难免。"①"矜",即做作。凡做作必搔首弄姿,此即"矜之在迹者"也。

81

蕙风曰:"初学作词,只能道第一义,后渐深入,意不晦,语不琢,始称合作。"②以下应续:语琢而不见痕迹尤佳。

82

止庵录晋卿③语:"少游正以平易近人,故用力者终不能到。"④按貌如平易近人之词,有时用了大力气,千锤百炼

---

① 《蕙风词话》卷一,第一七则。
② 《蕙风词话》卷一,第廿一则。
③ 晋卿,即董士锡,张惠言之甥。有《齐物论斋集》。
④ 《介存斋论词杂著》第一三则。

而后得。如"去年人别后,今日独来时"①一联看似平易,作者数易稿乃成,此只可与知者言也。

83

亦峰曰:"无论诗古文词,推到极处,总以一诚为主。杜诗韩文,所以大过人者在此。"又曰:"求之于词,其唯碧山乎?"②"一诚为主",是矣!然非吞吐其词,故作隐语如碧山者所能当也。杜诗韩文,岂似谜语乎?

84

亦峰曰:"情有所感,不能无所寄;意有所郁,不能无所泄。古之为词者,自抒其性情,所以悦己也。今之为词者,多为其粉饰,务以悦人,而不恤其丧己,而卒不值有识者一噱。"③似小山者岂所以悦己也。碧山吞吐其词,已丧己多矣!

---

① 见六三则及注。
② 《白雨斋词话》卷八,第三三则。
③ 《白雨斋词话》卷八,第三五则。

85

亦峰曰:"白石、梅溪、碧山、玉田词,修饰皆极工,而无损其真气。"①凡好修饰者必损其真气,岂有琢玉而存璞者乎?

86

亦峰以为"回文、集句、叠韵之类,皆是词中下乘","断不可以此炫奇"。又曰:"古人为词,兴寄无端,行止开合,实有自然而然,一经做作,便失古意。"②此论极是!但应谓"一经做作,便失真意"。

87

静安曰:"白石写景之作,如'二十四桥仍在,波心荡、

---

① 《白雨斋词话》卷八,第三六则。
② 《白雨斋词话》卷五,第六七则。

冷月无声',①'数峰清苦,商略黄昏雨',②'高树晚蝉,说西风消息'③。虽格韵高绝,然如雾里看花,终隔一层。梅溪、梦窗诸家写景之病,皆在一'隔'字。"④此非隔也,拟人格用得太多,遂觉不甚真切耳。

88

静安论隔与不隔,曰:"陶、谢⑤之诗不隔,延年则稍隔矣。东坡之诗不隔,山谷则稍隔矣。'池塘生春草'⑥'空梁

---

① 姜夔《扬州慢·淳熙丙申至日过扬州》:"淮左名都,竹西佳处,解鞍少驻初程。过春风十里,尽荠麦青青。自胡马窥江去后,废池乔木,犹厌言兵。渐黄昏、清角吹寒,都在空城。　杜郎俊赏,算而今重到须惊。纵豆蔻词工,青楼梦好,难赋深情。二十四桥仍在,波心荡,冷月无声。念桥边红药,年年知为谁生?"

② 姜夔《点绛唇》:"燕雁无心,太湖西畔随云去。数峰清苦,商略黄昏雨。　第四桥边,拟共天随住。今何许?凭阑怀古,残柳参差舞。"

③ 姜夔《惜红衣》:"簟枕邀凉,琴书换日,睡余无力。细洒冰泉,并刀破甘碧。墙头唤酒,谁问讯、城南诗客?岑寂。高柳晚蝉,说西风消息。　虹梁水陌,鱼浪吹香,红衣半狼藉。维舟试望故国。眇天北。可惜渚边沙外,不共美人游历。问甚时同赋、三十六陂秋色?"

④ 《人间词话》第三九则。

⑤ 陶、谢指陶渊明、谢灵运。

⑥ 谢灵运《登池上楼》:"潜虬媚幽姿,飞鸿响远音。薄霄愧云浮,栖川怍渊沉。进德智所拙,退耕力不任。徇禄及穷海,卧疴对空林。衾枕昧节候,褰开暂窥临。倾耳聆波澜,举目眺岖嵚。初景革绪风,新阳改故荫。池塘生春草,园柳变鸣禽。祁祁伤豳歌,萋萋感楚吟。索居易永久。离群难处心。持操岂独古,无闷征在今。"

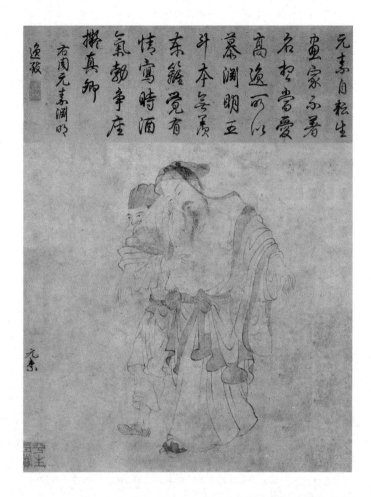

>>> 王国维曰:陶、谢之诗不隔,延年则稍隔矣。图为明代周位《渊明逸致图》。

落燕泥'①等二句,妙处唯在不隔。词亦如是。即以一人一词论:如欧阳公《少年游》②咏春草上半阕云:'阑干十二独凭春,晴碧远连云。千里万里,二月三月,行色苦愁人。'语语都在目前,便是不隔。至云:'谢家池上,江淹浦畔',则隔矣。白石《翠楼吟》③:'此地。宜有词仙,拥素云黄鹤,与君游戏。玉梯凝望久,叹芳草、萋萋千里。'便是不隔。至'酒祓清愁,花消英气'则隔矣。"④据此则静安所谓"不隔",乃指写具体形象之物,"语语都在目前"者。所谓"隔",指抽象笼统之语,或用前人典故凑合者,如欧阳"谢家池上,江淹浦畔"二语皆咏草典故。依此则白石"二十四桥"一句不隔,"宜有词仙"一句隔。

---

① 薛道衡《昔昔盐》:"垂柳覆金堤,蘼芜叶复齐。水溢芙蓉沼,花飞桃李蹊。采桑秦氏女,织锦窦家妻。关山别荡子,风月守空闺。恒敛千金笑,长垂双玉啼。盘龙随镜隐,彩凤逐帷低。飞魂同夜鹊,倦寝忆晨鸡。暗牖悬蛛网,空梁落燕泥。前年过代北,今岁往辽西。一去无消息,那能惜马蹄。"薛道衡(540—609),字玄卿,有《薛司隶集》辑本。

② 欧阳修《少年游》:"栏干十二独凭春。晴碧远连云。千里万里,二月三月,行色苦愁人。　谢家池上,江淹浦畔,吟魄与离魂。那堪疏雨滴黄昏。更特地、忆王孙。"

③ 姜夔《翠楼吟·武昌安远楼成》:"月冷龙沙,尘清虎落,今年汉酺初赐。新翻胡部曲,听毡幕、元戎歌吹。层楼高峙。看槛曲萦红,檐牙飞翠。人姝丽。粉香吹下,夜寒风细。　此地。宜有词仙,拥素云黄鹤,与君游戏。玉梯凝望久,叹芳草、萋萋千里。天涯情味。仗酒祓清愁,花销英气。西山外。晚来还卷,一帘秋霁。"

④ 《人间词话》第四十则。

89

静安曰:"'生年不满百,常怀千岁忧。昼短苦夜长,何不秉烛游?'①'服食求神仙,多为药所误。不如饮美酒,被服纨与素。'②写情如此,方为不隔。'采菊东篱下,悠然见南山。山气日夕佳,飞鸟相与还。'③'天似穹庐,笼盖四野。天苍苍,野茫茫,风吹草低见牛羊。'④写景如此,方为不隔。"⑤按此所谓不隔,亦指直说,不扭扭捏捏或用典搪塞。

90

亦峰曰:"诗之高境在沉郁,其次即直截痛快,亦不失为次乘。词则舍沉郁之外,即所谓俚词、鄙词、游词,更无次

---

① 古诗:"生年不满百,常怀千岁忧。昼短苦夜长,何不秉烛游?为乐当及时,何能待来兹。愚者爱惜费,但为后世嗤。仙人王子乔,难可与等期。"

② 古诗:"驱车上东门,遥望郭北墓。白杨何萧萧,松柏夹广路。下有陈死人,杳杳即长暮。潜寐黄泉下,千载永不寤。浩浩阴阳移,年命如朝露。人生忽如寄,寿无金石固。万岁更相送,圣贤莫能度。服食求神仙,多为药所误。不如饮美酒,被服纨与素。"

③ 陶潜《饮酒二十首》之五:"结庐在人境,而无车马喧。问君何能尔,心远地自偏。采菊东篱下,悠然见南山。山气日夕佳,飞鸟相与还。此中有真意,欲辨已忘言。"

④ 《敕勒歌》:"敕勒川,阴山下。天似穹庐,笼盖四野。天苍苍,野茫茫。风吹草低见牛羊。"

⑤ 《人间词话》第四一则。

乘也。"① 按：俚词正不妨，鄙词次之，游词又次之，遁词最下，以其似是而伪，词中之乡愿也。陈氏所谓沉郁深厚者，正有不少遁词。

91

蕙风录半塘②语："填词固以可解不可解，所谓烟水迷离之致，为无上乘耶。"③ 以可解不可解为无上乘，谬矣！词必须作得读者能解，若不可解，即文字有病或未达意。

92

蕙风曰："名手作词，题中应有之义，不妨三数语说尽。自余悉以发抒襟抱。所寄托往往委曲而难明。长言之不足，至乃零乱拉杂，胡天胡帝。其言中之意，读者不能知，作者亦不蕲其知。"又曰："夫使其所作大都众所共知，无甚关

---

① 《白雨斋词话》卷八，第二七则。
② 王鹏运(1848—1904)，字幼遐，自号半塘老人，晚号鹜翁。词集有《半塘定稿》等。
③ 《蕙风词话》卷一，第三一则。

系之言,宁非浪费楮墨耶?"① 陶诗明白如话,学者人所共知,岂皆浪费楮墨? 若梦窗诸人之悠缪难知,即作者自己亦不知,难说,方真是浪费楮墨耳。试读《花间》《尊前》《浣花》诸集,岂有不可知者乎?

93

或谓词以比兴为主,不如用赋体可以明显叙说。按词亦有赋体铺叙,如柳词。

94

蕙风论词中对偶曰:"实勿对虚,生勿对熟。"② 按实对虚,生对熟,胜于实对实,生对生。

95

昔人谓诗中不可有词语,词中亦不可有诗语。然则"曾

---

① 《蕙风词话》卷一,第三三则。
② 《蕙风词话》卷一,第四三则。

经沧海难为水,除却巫山不是云",为元稹《离思》①,全为大晏偷去。小山"落花人独立,微雨燕双飞"②,亦五代翁仲举诗,小晏习乃父故伎。然元诗本《孟子》"观于海者难为水"③,则世人多未知也,非世人不读《孟子》,盖读词时多不联想到《孟子》耳。

96

《小山词·临江仙》:"落花人独立,微雨燕双飞。"二句千古传诵,其实这是成句。五代诗人翁宏字仲举,有五言《闺怨》一律,上半首是:"又是春残也,如何出翠帏?落花人独立,微雨燕双飞。"这两句在翁诗中不见得十分出奇,一经小山和上文配合,便尔惊人。小山惯用此技,如《蝶恋花》之"红烛自怜无好计,夜寒空替人垂泪",全由杜牧之"蜡烛有心还惜别,替人垂泪到天明"二语脱胎而来。《玉楼春》之

---

① 元稹《离思五首》其四:"曾经沧海难为水,除却巫山不是云。取次花丛懒回顾,半缘修道半缘君。"
② 小山《临江仙》:"梦后楼台高锁,酒醒帘幕低垂。去年春恨却来时。落花人独立,微雨燕双飞。 记得小蘋初见,两重心字罗衣。琵琶弦上说相思。当时明月在,曾照彩云归。"此词上结抄自五代翁宏(仲举)《春残》诗:"又是春残也,如何出翠帏。落花人独立,微雨燕双飞。寓目魂将断,经年梦亦非。那堪向愁夕,萧飒暮蝉辉。"
③ 《孟子·尽心上》。

>>> "隔花人远天涯近",《西厢记》曲词也,不但可入词,且可入诗而无碍也。图为清人仿明代仇英《西厢记册页》(局部)。

"织成云外雁行斜,染作江南春水浅",系用白居易《缭绫》诗:"织为云外秋雁行,染作池中春水色。"《生查子》之"无处说相思,背面秋千下",系用李义山《无题》:"十五泣春风,背面秋千下。"成语(今按:宋人曾季狸的《艇斋诗话》已指出此条。但我在四十多年前写此笔记时,尚未读《艇斋诗话》)而情调则完全不同。《浣溪沙》中"户外绿杨春系马,床头红烛夜呼卢",则系用韩翃的《赠李翼》,"门外碧潭春洗马,楼头红烛夜迎人",风味却反不如原诗好了。诸如此类的例子,真是不胜枚举。他的本领是用了别人的诗,有时反而使读者觉得它比原诗更好——多半是因为他配置得当。

97

亦峰以为"诗中不可作词语,词中不妨有诗语,而断不可作一曲语"①。此亦不可一概而论。"隔花人远天涯近",《西厢》曲词②也,不但可入词,且可入诗而无碍也。

---

① 《白雨斋词话》卷五,第一○五则。
② 《西厢记》二本一折:"落红成阵,风飘万点正愁人。池塘梦晓,阑槛辞春;蝶粉轻沾飞絮雪,燕泥香惹落花尘;系春心情短柳丝长,隔花阴人远天涯近。香销了六朝金粉,清减了三楚精神。"

98

亦峰以为:"作词只论是非,何论人道与不道?"①此论殊谬。作词是抒情,非说理,不能"只论是非"。人道与不道却是重要,未经人道即是新意,岂可不论?

99

清初各大家词(尤其如纳兰②)皆明白可诵可懂,盖皆习《花间》、北宋名作,取法乎上,此开国现象也。清末学梦窗、碧山则取法乎下矣,其作品大都不知所云,自谓艰深,实则不通而已。盖此彼学南宋,非颓靡难解,即文理错乱,梦窗其尤劣者也。

100

蕙风曰:"性情少,勿学稼轩。非绝顶聪明,勿学梦

---

① 《白雨斋词话》卷二,第二〇则。
② 纳兰性德(1655—1685),字容若,初名成德。词集有《侧帽集》《饮水词》,去世后其师徐乾学合其诗词文赋编为《通志堂集》。

窗。"①实则不论贤愚,梦窗均不可学。

101

学梦窗而入魔者,也不是一下子就学会,就入魔的。因梦窗小令也颇明白清畅,其晦涩多在长调,而长调必在梦窗后来之作。学梦窗者先学长调,故不可救药,似侏儒之形体已成,欲改甚难。从未学过梦窗者,中毒不深者改正尚易。

102

词家小令往往胜于长调,周、姜、史、吴②皆然。吴有《思佳客》三首③,疏朗明白,较佳,其长调多晦涩,不可卒读。盖凡人学作词,必先作小令,故每多新发于硎之锐气隽

---

① 《蕙风词话》卷一,第四九则。
② 指周邦彦、姜夔、史达祖、吴文英。
③ 《思佳客》三首,《闰中秋》:"丹桂花开第二番。东篱展却宴期宽。人间宝镜离仍合,海上仙槎去复还。　分不尽,半凉天。可怜闲剩此婵娟。素娥未隔三秋梦,赢得今宵又倚阑。"又《癸卯除夜》:"自唱新词送岁华。鬓丝添得老生涯。十年旧梦无寻处,几度新春不在家。　衣懒换,酒难赊。可怜此夕看梅花。隔年昨夜青灯在,无限妆楼尽醉哗。"又:"迷蝶无踪晓梦沉。寒香深闭小庭心。欲知湖上春多少,但看楼前柳浅深。　愁自遣,酒孤斟。一帘芳景燕同吟。杏花宜带斜阳看,几阵东风晚又阴。"

语,久之疲熟,渐多滥调。又奉命作新词,其时已才尽江郎①矣,勉强为之,遂多堆砌。又多作应酬之作,故其硬凑无新意无好句也。故我劝青年填词,勉作前期江郎,勿为末路草窗(或梦窗)。

103

余尝谓小令之佳者,要即景传情,缘情述事,就事造境,随境遣怀。如不能俱此四者,即有一于此,亦足为零金碎玉。读词,亦可以此十六字为玉尺:问此句此联能即景传情否?如不能,则问能缘情述事否?能就事造境否?如此层层推敲,则情伪立见,玉石可辨。

104

亦峰曰:"聪明纤巧之作,庸夫俗子每以为佳,正如蜣螂逐臭,乌知有苏合香哉!若以王碧山、庄中白②之词,不

---

① 江淹(444—505),字文通,少以文章显。晚节才思减退。《南史·江淹传》称:淹尝宿于冶亭,梦一丈夫自称郭璞,谓淹曰:吾有笔在卿处多年,可以见还。淹乃探怀中得五色笔一以授之。尔后为诗绝无美句,时人谓之才尽。
② 庄中白,即庄棫(1833—1878),字希祖,号中白,有《蒿庵遗稿》。

经有识者评定,猝投于庸夫俗子之前,恐不终篇而思卧矣。"①若真是佳作,虽庸夫俗子亦知其佳。庸夫俗子未尝读李、杜诗不终篇而思卧。天下第一流作品,只有连庸夫俗子亦知其好,方为真正杰作,真正第一流作品。令人不终篇而思卧者,不论其人是否庸夫俗子,其所读必为劣作无疑。

105

选词如选人,凡名作各本皆有者,不啻有权威暗中传授名单,选者只能奉命作"等额"选举。各本陈陈相因,一呼百应,令人作呕,令人肉麻。若欲逾越此困境,一种方法为超出"等额",另开较多之名单,其多出者即为选者新选入之冷僻作品。吾亦用此法以觇选者有无自己独创之判断见识,衡量选者水平之高下。看他北宋选哪几家?是否只选苏轼之几首"豪放词"?有否选《次韵章质夫杨花词》?有否选吴梦窗《唐多令·惜别》②之中学生拆字游戏?若只选此数首,别无创见,斯亦不足畏也已!

---

① 《白雨斋词话》卷五,第八九则。
② 《唐多令·惜别》:"何处合成愁。离人心上秋。纵芭蕉不雨也飕飕。都道晚凉天气好,有明月,怕登楼。 年事梦中休。花空烟水流。燕辞归,客尚淹留。垂柳不萦裙带住,漫长是,系行舟。"

>>> 看他北宋选哪几家？是否只选苏轼的几首"豪放词"。图为明代杜堇《东坡题竹图》。

106

宋人词中余最不喜苏轼《水龙吟》、白石《暗香》《疏影》①、梦窗《唐多令·惜别》,而历来论客多盛誉之,真不可解也。近人编词选,余唯恐其又选入此数首。继思学术进步,今非昔比,以新眼光读此类词当哑然失笑,忍俊不禁矣。及见某名家选本,则此数首者果赫然在目也。又见某学府选本,则此数首者又赫然入选矣。问之则曰:以前各本皆选此词,若不选入,读者必以为遗珠矣。呜呼!传统缚人甚于枷锁铁链,思想解放艰于人身解放何啻万倍!

107

关于习宋词自学参考书②,我想应从唐五代选起,否则

---

① 《暗香》:"旧时月色、算几番照我、梅边吹笛。唤起玉人、不管清寒与攀摘。何逊而今渐老、都忘却春风词笔。但怪得竹外疏花,香冷入瑶席。江国、正寂寂。叹寄与路遥、夜雪初积。翠尊易泣、红萼无言耿相忆。长记曾携手处、千树压西湖寒碧。又片片吹尽也、几时见得。"《疏影》:"苔枝缀玉、有翠禽小小、枝上同宿。客里相逢、篱角黄昏、无言自倚修竹。昭君不惯胡沙远、但暗忆、江南江北。想佩环月夜归来、化作此花幽独。 犹记深宫旧事、那人正睡里、飞近蛾绿。莫似春风、不管盈盈、早与安排金屋。还教一片随波去、又却怨玉龙哀曲。等恁时重觅幽香、已入小窗横幅。"(据《白石诗词集》标点)

② 此为某出版社青年编辑讲唐宋词时开列。

如去头而从肩起,奈此丈二和尚何!第一周先读成肇麐《唐五代词选》,此书虽较《花间》为少,但包括南唐二主、冯延巳等,较为全面。然后可用周济《四家词选》(并习其《序论》),此选仅二百三十余首,但多长调。用二周。尚余一周拟习专集(如淮海、后村①)若干。如此一月中用全力学词八百至千首,苟非下愚,必有大进。

108

诗词,只要本身好,有无题目都无关系。天下好诗多的是"无题"。词在五代、北宋大都只有调名(或称词牌)而无题,因作者之意尽在其中,妙在无题,有了反成蛇足。夫以姜白石有的词前序文之隽永,后人还讥他多此一举,序文内容与词本身意义重复,大可不必了。② 故读词基本上只有词牌而无题可读,有短题如"有赠""感旧""绮怀"等等,也是到处可用,有等于无。故如晏几道的小令,可说是千古绝唱,然而无一首有题,读者但觉越是无题越缠绵,连"无题"二字也是多余的。有时叔原把要求他写词的四个歌女的名

---

① 刘克庄(1187—1269),字潜夫,号后村,有《后村长短句》。
② 周济《宋四家词选目录序论》:"白石小序甚可观,苦与词复。若序其缘起,不犯词境,斯为两美已。"

字(莲、鸿、蘋、云)用入句中,柳永也用酥娘等芳名冠于词首,以示此词为谁而作,更无须标题了。

109

诗词用语有时与别的文言含义不同,如:"烟",不是火烟,而是雾,如"淡烟横素""烟雨楼""平林漠漠烟如织";"可怜",不是怜悯,而是可爱、可羡、可怜惜,如"可怜光彩生门户";"恨",不是仇恨,而是怨,恨不得,"不恨古人我不见,恨古人不见我狂耳""此恨绵绵无绝期"。

110

读古人诗,有时需要补充几个必要的、被作者省略了的字眼,读词也是如此。有时词因格律较严,被省的字更多,如辛弃疾的"千古兴亡,百年悲笑,一时登览"①,其实在末

---

① 辛弃疾《水龙吟·过南剑双溪楼》:"举头西北浮云,倚天万里须长剑。人言此地,夜深长见,斗牛光焰。我觉山高,潭空水冷,月明星淡。待燃犀下看,凭栏却怕,风雷怒、鱼龙惨。 峡束苍江对起,过危楼、欲飞还敛。元龙老矣,不妨高卧,冰壶凉簟。千古兴亡,百年悲笑,一时登览。问何人又卸、片帆沙岸,系斜阳缆。"

>>> 屈原怨悱，宋玉悲秋，从无人目为豪放派。图为明代陈洪绶《屈原像》。

句上省去了"都付与"(或"只供我""只抵得")一类字样,试把这三字嵌入,读起来意思就更显豁了。

111

胡寅曰:"词曲者,古乐府之末造也。古乐府者,诗之傍行也。诗出于《离骚》《楚辞》,而《离骚》者,变《风》变《雅》之怨而迫、哀而伤者也。其发乎情则同,而止乎礼义则异,名之曰曲,以其曲尽人情耳。"按:"曲"乃汉《艺文志》"曲折"之省称,其无知如此!

112

胡寅曰:"及眉山苏氏,一洗绮罗香泽之态,摆脱绸缪宛转之度,使人登高望远,举首高歌,而逸怀浩气,超然乎尘垢之外,于是《花间》为皂隶,而柳氏①为舆台矣。"②此论全非事实。

---

① 指柳永。
② 胡寅《题酒边词》。

胡寅自己不会填词,专会瞎批评。《全宋词》录有一首胡寅词①,乃《晦庵题跋》中无主名者,当为朱熹作。

113

玉田②论吴梦窗词"如七宝楼台,眩人眼目。碎拆下来,不成片段"。此说如加分析,其实不通。试问八宝楼台,十宝乃至百宝楼台,拆下来能成片段吗?反过来说,把不成片段之材料装砌成七宝楼台,岂不正好?全部宋词中,谁的作品那一首词碎拆下来能成片段?若谓其词无可摘句,则词原非为摘句而作,全首若只有一二句可摘,亦不足贵。能成七宝楼台,则其片段必有可观。

---

① 《水调歌头》:"不见严夫子,寂寞富春山。空留千丈危石,高出暮云端。想象羊裘披了,一笑两忘身世,来插钓鱼竿。肯似林间翮,飞倦始知还。中兴主,功业就,鬓毛斑。驱驰一世人物,相与济时艰。独委狂奴心事,未羡痴儿鼎足,放去任疏顽。爽气动星斗,终古照林峦。"(《全宋词》注:"此首见《晦庵题跋》卷三,不云何人所作。祝穆《方舆胜览》卷四作朱熹词。陈霆《渚山堂词话》卷一云:姑依旧本定为胡明仲作,不知何本,疑非。《渚山堂词话》未载原词,此自《晦庵题跋》录出。")

② 即张炎。

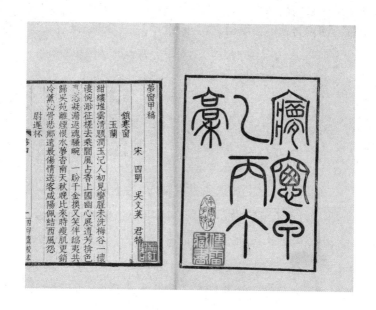

>>> 梦窗小令也颇明白清畅,其晦涩多在长调。图为吴文英词作刻本。

114

陈振孙①谓《草堂诗余》乃书坊编集者,其说是也。然编集不在一时,亦不出于一手,此可于本书见之。其书前集上卷九十九首,下卷九十七首,后集上八十五下八十六首,共三百六十七首。其中注"新添"者前集卷上三十一首,卷下二十二首,后集卷上十三首,卷下十一首;注"新增"者,前集上二首,卷下二首,后集只卷下有十七首。可知前集初编时卷上只六十六首,卷下只七十三首;后集初编时卷上只七十二首,卷下只五十八首。重编时前集卷上"新添"三十一首,卷下"新添"二十二首,后集卷上"新添"十三首,卷下十一首,共新添七十七首。第三次编订时又加入"新增"前集共四首,后集十七首,则因前集新添已多,后集原数太少,势须增补以求相称。是书前集只分春夏秋冬四类,每类下又注小题如"春思""送春""避暑""雪景"之类,率多望文生义,与原词旨意或本事不尽相符,常为后世选家所诟病。后集则分类更细:"天文""地理""人事""花禽"等,俨如类书,各类下分目更细,而"节序""天文"二类中各目,又多与前集

---

① 陈振孙(约1183—?),曾名瑗,字伯玉,号直斋,浙江安吉人,南宋藏书家、目录学家,编有《直斋书录解题》。其中曰:"《草堂诗余》二卷,书坊编集者。"

>>> 《草堂诗余》所收各家词以周美成为最多,共五十八首。有李清照七首。图为清姜壎《李清照像》。

四景分目相重复,可知前后两集乃分期编集,非原来计划如此,一次编成也。今按宋人填词多缘情寓怀感事酬答之作,似无须此类书式之参考材料以资摹仿,则此编目的必另有所属。今书中前集上下卷之首,均冠以"名贤词话"副题,后集上下卷之首所标副题则为"群英词话",选集而曰"词话",殊为不类。"词话""诗话"殆为宋代剧场艺人所用话本名称之一。如《水浒传》第五十一回述戏台上做笑乐院本,白秀英念完七言绝句"新鸟啾啾旧鸟归"以后,自言"今日秀英报牌上明写着这场话本是一段风流蕴藉的格范,唤做'豫章城双渐赶苏卿'"。说了"开话",又唱,唱了又说。此言演院本所用者亦称话本,有"说""唱"二部,其歌唱部分,当即用诗词。又如宋人话本中"菩萨蛮词话"即记陈可常与新荷故事,"大唐三藏取经诗话"即为后世《西游记》所本。清人钱曾《也是园书目》录宋人词话十二种,《错斩崔宁》即其中之一。而在明《宝文堂书目》则称为"话本",可知"话本"原意为"词话"或"诗话"的本子也。更早有称"词文"者,如敦煌变文"季布骂阵词文"是也。后世沿用词话名称者,如"金瓶梅词话"是也。当时话本中吟诗多者,其本子即称"诗""话",谓诗与话相杂之本。唱词多者即称"词话"。当时艺人说唱故事,既须随时唱诗或词,而故事虽可临时"捏合",诗词则须事前准备,非有素养,难于临时引用。至其所引用者或自己编制,或当时流行诗歌,或为名人篇什。即在后世文人编著之拟话本如《三言》《二拍》中,亦多有引前人诗词者。则当时说话人在准备材料时,最须注意采择或拟作适当诗词,以便在描写人物情景时演唱。其中素有修养者,固可翻阅专集,而一般艺人则颇需简便之手册,以资引用。《草堂诗余》将名人词分类编排,增加副题,实为应此辈艺人需要而编。故虽为选集,而标题"词话"。说话人得此,才高者可借此取径,据以拟作,平庸之辈亦可直引时人名作,以增加说话之兴味。故此书实系为说话人所编之专业手册,非为词人选读材料。由此亦可见当时城市繁荣说唱盛行之情况。

115

"话",即故事,自隋时已然,至南宋仍沿此义。戴复古《石屏词》①《浣溪沙》②:"说个话儿方有味,吃些酒子又何妨。一声啼鴂断人肠。"此亦赠歌女之词,知当时歌女行酒令时,亦兼说故事。

---

① 戴复古(1167—1252?),字式之,号石屏,有《石屏词》。
② 《浣溪沙》:"病起无聊倚绣床,玉容清瘦懒梳妆。水沉烟冷橘花香。说个话儿方有味,吃些酒子又何妨。一声啼鴂断人肠。"

116

朱彝尊谓"填词最雅无过石帚①。《草堂诗余》不登其只字。见胡浩(按应作胡浩然)立春吉席之作②,蜜殊咏桂之章③,亟收卷中,可谓无目者也"(《词综》发凡)。正坐不知《草堂诗余》乃为说话人编集之类书,只须通俗易晓,适宜入话者,正不需文人雅词也。(如集中收苏东坡《满庭芳》④

---

① 指姜夔。夏承焘以为:"前人误以姜石帚当姜夔。"见《白石诗词集》,第178页。
② 胡浩然(生卒年不详),宋末人。《喜迁莺·立春》:"樵门残月。听画角晓寒,梅花吹彻。瑞日烘云,和风解冻,青帝乍临东阙。暖向土牛箫鼓,天路珠帘高揭。最好是,戴彩幡春胜,钗头双结。 奇绝。开宴处,珠履玳簪,俎豆争罗列。舞袖翩翩,歌喉缥缈,压倒柳腰莺舌。劝我应时纳祜,还把金炉香爇。愿岁岁,这一卮春酒,长陪佳节。"又《满庭芳·吉席》:"潇洒佳人,风流才子,天然分付成双。兰堂绮席,烛影耀荧煌。数幅红罗绣帐,宝妆篆、金鸭焚香。分明是,芙蕖浪里,一对浴鸳鸯。 欢娱。当此际,山盟海誓,地久天长。愿五男二女,七子成行。男作公卿将相,女须嫁、君宰侯王。从兹去,荣华富贵,福禄寿无疆。"
③ 僧仲殊《金菊对芙蓉》:"花则一名,种分三色,嫩红妖白娇黄。正清秋佳景,雨霁风凉。郊墟十里飘兰麝,潇洒处,旖旎非常。自然风韵,开时不惹,蝶乱蜂狂。 携酒独挹蟾光。问花神何属,离兑中央。引骚人乘兴,广赋诗章。几多才子争攀折,嫦娥道、三种清香。状元红是,黄为榜眼,白探花郎。"僧挥,字师利,俗姓张氏,名挥,仲殊其法号,安州(今湖北安陆)人,曾与苏轼交,有《宝月集》不传。
④ 《满庭芳》:"香暖雕盘,寒生冰箸,画堂别是风光。主人情重,开宴出红妆。腻玉圆搓素颈,藕丝嫩、新织仙裳。双歌罢,虚檐转月,余韵尚悠扬。 人间何处有,司空见惯,应谓寻常。坐中有狂客,恼乱愁肠。报道金钗坠也,十指露、春笋纤长。亲曾见,全胜宋玉,想象赋高唐。"

小题"佳人",《清平山堂话本》"戒指儿"首页引此词,仅为描写陈丞相之女玉兰之用,全不合题,可知说话人采用诗词,但为歌唱悦耳,不必情事贴切也。)

117

《草堂诗余》之妙正在诸俚调,盖此书乃为说话人而作,非为学者词人选本。复堂曰:"原选正不讳俗,盖以尽收当时传唱歌曲耳。"①然也。

118

宋人词集按题材分类编印,并在调下加副题之习,不独选集如此,甚至波及名家专集,此则因其词为歌者所喜也。

---

① 《复堂词话》第五〇则。

按《草堂诗余》所收各家词以周美成为最多,共五十八首(次秦少游廿八首,苏东坡二十二首,柳耆卿十八首,欧阳永叔十三首,康伯可①十二首,辛幼安十首,张子野、黄鲁直各八首,李易安②七首,贺方回③、胡浩然各六首)。盖因周词在宋时即为说话人所重。陈元龙注本《片玉集》即按四时景物、单题、杂赋分类,以便说话人之按部索题。而刘肃嘉定辛未(1211年)之序谓元龙"病旧注之简略,遂详而疏之,俾歌之者究其事达其辞",可知在元龙之前已有注本。宋人词集之有注者当以《片玉集》为嚆矢④。而方千里、杨泽民⑤两家和周词,其编集亦按四时景色、单题等分类,知宋人早已将周词按题材分编,以为说话人唱词之用。传世清真词尚有汲古阁本《片玉集》,收调一百三十四,词一百九十五首,较陈注本为多。陈允平⑥《西麓继周集》即依

---

① 康与之(生卒年不详),字伯可,南宋人。词集有《顺庵乐府》。
② 李清照(1084—约1151),号易安居士。后人辑有《漱玉词》。
③ 贺铸(1052—1125),字方回,有《东山寓声乐府》。
④ 嚆矢,一作"嚆史"。《庄子·在宥》:"焉知曾史不为桀跖嚆史也。"比喻开端。
⑤ 方千里(生卒年不详)、杨泽民(生卒年不详),南宋时人。
⑥ 陈允平(1205—1280),字君衡,号西麓,宋末时人,词有《西麓继周集》《日湖渔唱》。其《西麓继周集》尽和周词。

此本,惟存词较少,故知宋时周词即有二种本子。汲古阁所据为原本,元龙所据旧注本为便利歌唱采用之改编本,而方杨和词即据此改编本,可知其流行情况。又明人仁和沈谦①词集《东江别集》各词以事为题,而注调名于题下,盖犹沿宋人说话者以诗词依题分类,以便演唱之诗话,此风至明末犹存。

120

又按彊村丛书本收陈元龙注《片玉集》十卷,据宋嘉定四年辛未(1211年)刘肃序本,其编集亦分春景、夏景、秋景、冬景、单题、杂赋六类,每词调名下注明乐调,如渔家傲、苏幕遮为般遮,蝶恋花为商调,浣溪沙为黄钟,风流子为大石,渡江云为小石,调下时加副题,如"秋怨""秋思""暮秋饯别",至单题类副题骤增,如"元宵""重九""新月""春雨""梅花""落花""柳""金陵""期约""梅雪""惆怅""春情""思情""离恨""江路""伤感""接月"等,其尤不通者如"美咏""携妓""美情""秋悲""常情""佳人""标韵"等,决非作者原有。又按刘序谓陈氏"病旧注之简略,遂详而疏之"。(朱跋谓

---

① 沈谦(1620—1670),字去矜,入清不仕,有《东江集钞》《词韵》《词谱》《南曲谱》《古今词选》等。

"旧注"即"书录解题"所指曹杓①注。)疑分类及副题皆为书会先生编此词话参考用书时所后加。此十卷《片玉集》只一百二十七首,较汲古阁本少六十八首。此六十八首为选者认为对词话无用者也。调名下注乐调名,为便于说唱伴奏者之用,尤为显然。故此种分门别类详加副题之选集或专集,乃为词话之参考"底本"或"脚本"无疑。曹杓当即此十卷本之编选人。其注简略,盖为便说话人之衍说,非为一般初学而作。至陈元龙详加注释,遂为文人所重。而《草堂诗余》第一首即为《片玉集》中第一首。周词在全书三百六十七首中占四十六(此外失名词亦有周词者,如页九十九《绕佛阁》、页五十之《庆春宫》),可知《片玉词》在词话本中地位特重也。

121

《草堂诗余》八十三页录《秋霁》②,署名陈后主,盖误以

---

① 曹杓(生卒年不详),字学中,号一壶居士。曾注《清真词》二卷。
② 《秋霁》:"虹影侵阶,乍雨歇长空,万里凝碧。孤鹜高飞,落霞相映,远状水乡秋色。黯然望极。动人无限愁如织。又听得云外数声,新雁正嘹呖。 当此暗想,画阁轻抛,杳然殊无,些个消息。漏声稀、银屏冷落,那堪残月照窗白。衣带顿宽犹阻隔。算此情苦,除非宋玉风流,共怀伤感,有谁知得?"此词据杨慎说乃胡浩然所作。

为陈时已有词矣。又二十页录飞卿之"家临长信往来道"①,此非词,乃不知者妄选。

122

不但《草堂诗余》为书贾编集,以题材分类相次,即《花庵词选》中调名下之小题亦为书贾刻者所加,非选者原注。此可于所选朱雍三词见之。此三首皆梅词,而调下一注"怀人",一不注,一注梅。今按选者在"朱雍"下原注:"有《梅词》二卷行于世。"可知朱作皆为梅词,则调下无须再注,即注亦不至妄云"怀人"也。《花庵词选》调下副题误者甚多,亦可证明非选者之无识如此,率皆书贾刻者妄加,以利话本作者或艺人采用也。

123

《花庵词选》各调下小题,有为作者原有,如应制、和人、

---

① 温庭筠《春晓曲》:"家住长信往来道,乳燕双双拂烟草。油壁车轻金犊肥,流苏帐晓春鸡报。笼中娇鸟暖犹睡,帘外落花闲不扫。衰桃一树近前池,似惜容颜镜中老。"

寿某公之类。但有泛指"晚春""初夏""感旧""送人"等,其中颇有与本词内容不符者,皆后人所加。由朱雍《梅词》三首,知加小题者非选者黄升而为书坊刻者,盖以便说话人采为应景之词耳。又如严次山《婆罗门引》①,明为悼亡,而题作春情。则题者连本词内容尚未看懂,此岂选者所加乎?此则《草堂诗余》之外,又多一选词与话本关系之证据矣。

124

《花庵词选》页二九六梅溪《双双燕》②题下有"形容尽矣"评语,词末有"姜尧章极称其'柳昏花暝'之句",次页《东风第一枝》③词末有"结句尤为姜尧章拈出"等,皆选者评

---

① 《婆罗门引》:"花明柳暗,一天春色绕朱楼。断鸿声唤人愁。欲问鸿归何处,身世自悠悠。正东风留滞,楚尾吴头。　追思旧游。叹双鬓飒惊秋。可惜等闲孤了,酒令花筹。断弦难续,谩题诗、吩咐水东流。流不到、蓬岛瀛洲。"严仁,字次山,号樵溪,南宋人。

② 《双双燕·咏燕》:"过春社了,度帘幕中间,去年尘冷。差池欲住,试入旧巢相并。还相雕梁藻井。又软语、商量不定。飘然快拂花梢,翠尾分开红影。　芳径。芹泥雨润。爱贴地争飞,竞夸轻俊。红楼归晚,看足柳昏花暝。应自栖香正稳。便忘了、天涯芳信。愁损翠黛双蛾,日日画阑独凭。"

③ 梅溪《东风第一枝·咏春雪》:"巧沁兰心,偷黏草甲,东风欲障新暖。谩凝碧瓦难留,信知暮寒轻浅。行天入镜,做弄出、轻松纤软。断故园、不卷重帘,误了乍来双燕。　青未了、柳回白眼。红欲断、杏开素面。旧游忆著山阴,厚盟遂妨上苑。寒炉重暖,便放慢春衫针线。恐凤靴,挑菜归来,万一灞桥相见。"

语。又二九四页《绮罗香》①词末："'临断岸'以下数语,最为姜尧章称赏"系原有,"案"语以下,乃今人所加。

125

"工于作词,而不长于论词者",复堂是也。玉田论作,俱不见佳。②

126

亦峰谓张惠言《词选》识见超过竹垞十倍,"古今选本,以此为最"③。真是梦呓胡说,无知可笑。但又嫌其于唐、五代、两宋词所取太隘,岂不自相矛盾?张选虽未必尽当,然摈梦窗却是卓见。

―――――――――――

① 《绮罗香·咏春雨》:"做冷欺花,将烟困柳,千里偷催春暮。尽日冥迷,愁里欲飞还住。惊粉重、蝶宿西园,喜泥润、燕归南浦。最妨它、佳约风流,钿车不到杜陵路。 沉沉江上望极,还被春潮晚急,难寻官渡。隐约遥峰,和泪谢娘眉妩。临断岸、新绿生时,是落红、带愁流处。记当日、门掩梨花,剪灯深夜语。"《花庵》于词末小注曰:"'临断岸'以下数语,最为姜尧章称赏。案'还被春潮晚急'句,原脱'晚'字,据《全宋词》及《词谱》补。"
② 此则针对《白雨斋词话》卷八第四○则"有长于论词,而不必工于作词者;未有工于作词,而不长于论词者。古人论词之善,无过玉田。"而发。
③ 《白雨斋词话》卷一、第六则。

127

　　止庵《宋四家词选》目录序论云:"晏氏父子,仍步温、韦;小晏精力尤胜。"卓识也。又云,"苏、辛并称。东坡天趣独到处,殆成绝诣,而苦不经意,完璧甚少。稼轩则沉着痛快,有辙可循""退苏进辛",真大胆之言,此亦站在《花间》立场言之也。若所谓豪放派断不敢作此语以示人以不肖也。但止庵又云,"南宋诸公,无不传其(辛)衣钵",然则梦窗、碧山岂亦传辛衣钵?继曰:"白石小序甚可观,苦与词复。若序其缘起,不犯词境,斯为两美已。""南宋有门径。有门径,故似深而转浅;北宋无门径。无门径,故似易而实难。""稼轩豪迈是真,竹山①便伪;碧山恬退是真,姜、张皆伪。"皆有识之言。

128

　　止庵云:"耆卿乐府多,故恶滥可笑者多,使能珍重下

---

① 蒋捷(生卒年不详),字胜欲,号竹山。宋末人,有《竹山词》。

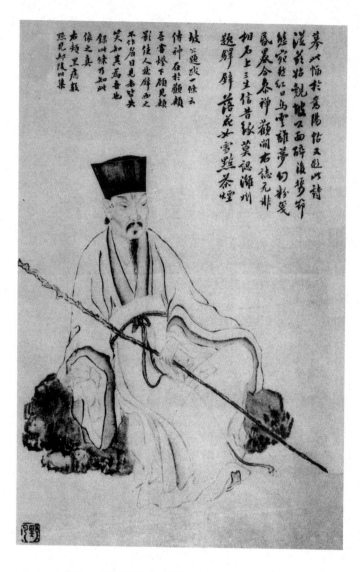

>>> 止庵曰：苏东坡意趣独到处，殆成绝诣，而苦不经意，完璧甚少。图为宋代李公麟《苏轼画像》

笔,则北宋高手也。"① 乐府岂必恶滥可笑?小山自称补乐府之亡,其词岂有一丝一毫恶滥可笑之迹?

129

止庵录良卿语称"梦窗每于空际转身,非具大神力不能"②。此皆空话,无所凭借,无可把捉,模糊影响,随人揣想。何谓"空际转身"?何为"大神力"?填词用得着大神力转身于空中吗?词人变成孙悟空或孙转空了。

130

白雨斋言其拟辑古今二十九家词选(附四十二家),其中北宋以柳耆卿附秦少游,南宋以放翁竹山等附稼轩,西麓自列一家。③ 按柳在秦前,自成大家,以柳附秦,极为荒谬。放翁应自成一家,可与竹山相合。西麓何得自成一家!

---

① 《介存斋论词杂著》第一二节。
② 《介存斋论词杂著》第一八节。
③ 《白雨斋词话》卷八第二二则。

131

亦峰称"其年、锡鬯、太鸿三人①,负其才力,皆欲于宋贤外别开天地,而不知宋贤范围,必不可越"②。末二语妄极。然则论诗者如曰汉魏范围,必不可越,何以有唐诗?

132

亦峰盛赞碧山词,全是废话。如"即于一字一句间求之,亦无不工雅"③。"一字"岂有"间"?又如何求法?一字何以能"雅"?又曰:"吾于词见碧山矣,于诗则未有所遇也。"④真是欺人之谈。必尽读古今诗,始可下判语,即此即可知其读诗之少,出语之狂。又如"王碧山词,品最高,味最厚,意境最深,力量最重"云云,作者含糊其词,评者拍案叫绝,无非欺骗读者,自鸣得意而已。

---

① 其年即陈维崧,锡鬯即朱彝尊。太鸿指厉鹗(1692—1752),字太鸿,号樊榭。为浙西词派重要人物。有《樊榭山房集》。
② 《白雨斋词话》卷四,第一则。
③ 《白雨斋词话》卷二,第四五则。
④ 《白雨斋词话》卷二,第三九则。

133

亦峰评宋人词曰:"毛泽民①词,意境不深,间有雅调。晁无咎②则有意蹈扬湖海,而力又不足。于此中真消息,皆未梦见。"③何谓"此中真消息"?如何"梦见"法?此亦大言欺人之语。

134

亦峰以为"作词难,选词犹难""以我之性情,通古人之性情,则非易矣"④。此说甚是。

135

道貌儒冠放郑声⑤,奈他越放越多情。《关雎》也动好逑兴,未必王风尽正经。

---

① 毛滂(1056—约1124),字泽民,北宋时人,有《东堂词》。
② 晁补之(1053—1110),字无咎,有《鸡肋集》《琴趣外篇》。
③ 《白雨斋词话》卷一,第四六则。
④ 《白雨斋词话》卷八,第四一则。
⑤ 郑声,郑国之音,旧以为淫声。

（按《白雨斋词话》卷五第六五条，"然夫子删诗，并存郑、卫"，可知郑、卫未可尽放也。其前后矛盾如此。）

136

诗词忌应酬之作，然应酬之作犹对人而言，亦可有真性情流露其间，或朋友所好略同，借他人之韵，写自己所感，亦可有佳作。至于咏物，则降而至于对物应酬，其为无聊，又甚于谀墓祝寿颂圣应制之作。若真有所感，必欲借花草鸟虫以抒写，亦已落为下乘。此玉田、碧山之所以不足贵也。而此编①所论，以碧山为极则，视玉田如神品，一若非应酬花草鸟虫，便不算好词，而言情之作，反视为卑不足道，否则即附会比兴，其谬甚矣。此皆中张惠言寄托谬论之毒，而又造"沉郁"一说以自缚。亦峰于词颇有所见，而一为谬说所蔽，遂多异论。

137

蕙风曰："叔原其才庶几跨灶，其名殆犹恃父以传。夫传不传亦何足轻重之有。唯是自古迄今，不知埋没几许好

---

① 指《白雨斋词话》。

词。而其传者,或反不如不传者之可传。"①的评。

138

蕙风反对校字,极谬。② 误字乃后人之过,原作者不任其咎。读误讹之词,何似读校正之原文。有时一字之差,谬以千里。读书不求甚解,最为可悲。

139

静安曰:"'池塘春草③谢家春,万古千秋五字新。传语闭门陈正字④,可怜无补费精神。'此遗山⑤《论诗绝句》也。梦窗、玉田辈当不乐闻此语。"⑥真卓识也。又曰:"唐、五代、北宋之词家,倡优也。南宋后之词家,俗子也。二者其失相等。但词人之词,宁失之倡优,不失之俗子。以俗子之

---

① 《蕙风词话》卷二,第九则。
② 《蕙风词话》卷一,第五八则。
③ 谢灵运诗:"池塘生春草"。
④ 陈正字,指陈师道(1053—1102),字履常,一字无己,号后山居士,北宋诗人。黄庭坚有诗曰:"闭门觅句陈正字。"
⑤ 元好问(1190—1257),字裕之,号遗山。金人。有《元遗山集》。
⑥ 《人间词话》删稿第二七则。

可厌,较倡优为甚故也。"①语妙天下。

140

静安曰:"四言敝而有楚辞,楚辞敝而有五言,五言敝而有七言,古诗敝而有律绝,律绝敝而有词。盖文体通行既久,染指遂多,自成习套。豪杰之士,亦难于其中自出新意,故遁而作他体,以自解脱。一切文体所以始盛终衰者,皆由于此。故谓文学后不如前,余未敢信。但就一体论,则此说固无以易也。"②就一体论,亦未必然。唐人传奇岂不胜于晋宋志怪③,《水浒》岂不胜于《宣和遗事》④,《红楼》岂不胜于《金瓶》?即就诗论,陶、谢岂不胜于曹、应⑤,李、杜岂不又胜于陶、谢?

141

静安以为"唐、五代之词,有句而无篇。南宋名家之词,有篇而无句。有篇有句,唯李后主降宋后之作,及永叔、子

---

① 《人间词话》删稿第四一则。
② 《人间词话》第五四则。
③ 指六朝时的志怪小说,如《搜神记》等。
④ 即《大宋宣和遗事》,其中已有《水浒》故事雏形。
⑤ 曹即曹植。应即应璩(?—252),字休琏,有《百一诗》等。

瞻、少游、美成、稼轩数人而已"①。此条甚误。《花间集》中,有连续叙事之组词,《尊前》亦有五更待郎故事诗。安得谓有句无篇? 不但有篇,且有合数小篇为大篇故事者。②

---

① 《人间词话》删稿,第四十则。
② 著者曾指出,如孙光宪《菩萨蛮》五首之前三首:
"月华如水笼香砌,金环碎撼门初闭。寒影堕高檐,钩垂一面帘。　碧烟轻袅袅,红颤灯花笑。即此是高唐。掩屏秋梦长。"(其一)
"花冠频鼓墙头翼,东方澹白连窗色。门外早莺声,背楼残月明。　薄寒笼醉态,依旧铅华在。握手送人归,半拖金缕衣。"(其二)
"小庭花落无人扫,疏香满地东风老。春晚信沉沉,天涯尤处寻?　晓堂屏六扇,眉共湘山远。怎奈别离心,近来尤不禁。"(其三)
以上三首为一连续故事,分别记"幽会""送客""感别"三事。
"青岩碧洞经朝雨,隔花相唤南溪去。一只木兰船,波平远浸天。　扣舷惊翡翠,嫩玉抬香臂。红日欲沉西,烟中遥解觿。"(其四)
"木棉花映丛祠小,越禽声里春光晓。铜鼓与蛮歌,南人祈赛多。　客帆风正急,茜袖偎樯立。极浦几回头,烟波无限愁。"(其五)
后二首乍看似与前二首不相干。细审之,其四所写为"定情",其五所写为"惊艳"。如将次序变更,其五为第一首,其四为第二首,则此五首亦可看作是一连续故事。
又如顾敻《虞美人》六首,其中第一至第五,分记春闺一日之事,自"莺啼破梦"至"梦绕天涯",中经"理妆""注檀""倚门""凭栏",前后呼应,层次井然。顾敻(生卒年不详),字琼之,五代时前蜀人。有王国维辑《顾太尉词》。
《尊前集》五更待郎故事有和凝《江城子》五首:
"初夜含娇入洞房。理残妆,柳ױ长。翡翠屏中,亲爇玉炉香。整顿金钿呼小玉:'排红烛,待潘郎。'"(其一)
"竹里风生月上门。理秦筝,对云屏。轻拨朱弦,恐乱马嘶声。含恨含娇独自语:'今夜月,太迟生。'"(其二)
"斗转星移玉漏频。已三更,对栖莺。历历花间,似有马啼声。含笑整衣开绣户,斜敛手,下阶迎。"(其三)
"迎得郎来入绣闱。语相思,连理枝。鬓乱钗垂,梳堕印山眉。娅姹含情娇不语,纤玉手,抚郎衣。"(其四)
"帐里鸳鸯交颈情。恨鸡声,天已明。愁见街前,还是说归程。临上马时期后会,'待梅绽,月初生。'"(其五) 和凝(898—955),字成绩,五代时法医学家。少年时好为曲子词,流传甚广,被称为"曲子相公"。但他悔其少作,多销毁。近人刘毓盘辑其词二十九首,为《红叶稿》。

前人论者多未注意,唯清真知之,故有《少年游》①之作。小山亦有叙事之作,但仍以抒情为主。②

朝云漠漠散轻丝,楼阁淡春姿。柳泣花啼,九街泥重,门外燕飞迟。　而今丽日明金屋,春色在桃枝。不似当时,小楼冲雨,幽恨两人知。

北宋初期的词是《花间》与《尊前》的继续。《花间》《尊前》式的小令,至晏几道已臻绝诣。柳永、张先在传统的小令以外,又创造了许多长词慢调。柳永新歌,风靡海内,连名满天下的苏轼也甚是羡慕"柳七郎风味"(《与鲜于子骏书》)。但柳词美中不足之处,乃未能输景于情,情景交融,使得万象皆活,致使其所选情景均并列如单页画幅。究其缘故,盖因情景二者之间无"事"可以联系。这是柳词创作的一大缺陷。周邦彦"集大成",其关键处就在于,能在抒情写景之际,渗入一个第三因素,即述事。

---

① 周邦彦《少年游》:"朝云漠漠散轻丝",下则有专论。另一首《少年游》:"并刀如水,吴盐胜雪,纤手破新橙。锦幄初温,兽香不断,相对坐调笙。低声问向谁行宿,城上已三更。马滑霜浓,不如休去,直是少人行。"
② 此条详见《罗音室学术论著》(第二卷):《论读词需有想象》。

因此,周词创作便补救了柳词之不足。读这首小令,必须首先明确这一点。

这首令词写两个故事,中间只用"而今丽日明金屋"一句话中的"而今"二字联系起来,使前后两个故事——亦即两种境界形成鲜明对照,进而重温第一个故事,产生无穷韵味。

上片所写乍看好像是记眼前之事,实则完全是追忆过去,追忆以前的恋爱故事。"朝云漠漠散轻丝,楼阁淡春姿。"这是当时的活动环境:在一个逼仄的小楼上,漠漠朝云,轻轻细雨,虽然是在春天,但春天的景色并不浓艳。他们就在这样的环境中相会。"柳泣花啼,九街泥重,门外燕飞迟。"三句说云低雨密,雨越下越大,大雨把花柳打得一片憔悴,连燕子都因为拖着一身湿毛,飞得十分吃力。这是门外所见景象。"泣"与"啼",使客观物景染上主观情感色彩,"迟",也是一种主观设想。门外所见这般景象,对门内主人公之会晤,起了一定的烘托作用。但此时,故事尚未说完。故事的要点还要等到下片的末三句才说出来。那就是:两人在如此难堪的情况下会晤,又因为某种缘故,不得不分离。"小楼冲雨,幽恨两人知。""小楼"应接"楼阁",那是两人会晤的处所,"雨"照应上片的"泣""啼""重""迟",点明当时,两人就是冲着春雨,踏着满街泥泞相别离的,而且点明,因为怀恨而别,在他们眼中,门外的花柳才如泣如啼,双飞的燕子也才那么艰难地飞行。这是第一个故事。

下片由"而今"二字转说当前,这是第二个故事,说他们现在已正式同居:金屋藏娇。但这个故事只用十个字来记述:"丽日明金屋,春色在桃枝。"这十个字,既正面说现在的故事,谓风和日丽,桃花明艳,他们在这样一个美好的环境中生活在一起;同时,这十个字,又兼作比较之用,由眼前的景象联想以前,并进行一番比较。"不似当时",这是比较的结果,指出眼前无忧无虑在一起反倒不如当时那种紧张、凄苦、怀恨而别、彼此相思的情景来得意味深长。

弄清楚前后两个故事的关系,了解其曲折的过程,对于词作所创造的意境,也就能有具体感受。这首词用笔很经济,但所造景象却耐人深思。仿佛山水画中的人物:一顶箬笠底下两撇胡子,就算一个渔翁;在艺术的想象力上未受训练的,是看不出所以然的。这是周邦彦艺术创造的成功之处。

143

马东篱[①]《天净沙》:"枯藤老树昏鸦。小桥流水人家。

[①] 马致远(约1250—约1321),号东篱,有杂剧《汉宫秋》《青衫泪》等,散曲有今人辑本《东篱乐府》。

>>> 马致远《天净沙》前五句皆写形象,只末句点题,此所以为高也。图为古人所作《天净沙》词意图。

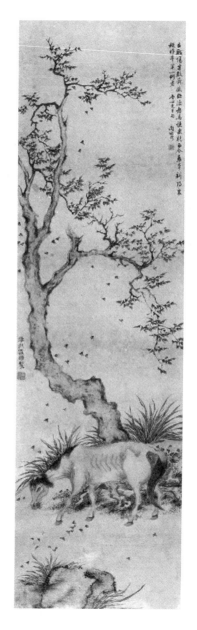

古道西风瘦马。夕阳西下。断肠人在天涯。"静安以为："寥寥数语,深得唐人绝句妙境。"①此词前五句皆写形象,只末句点题,此所以为高也。此词每句均可入画。末句如作马上旅人,则并主题亦画入矣。此所以为高也。

144

《词品》②记梁乐府《夜夜曲》,或名《昔昔盐》。"昔昔"即"夕夕",夜夜是也。其语已见《左传》。"盐"即"焰"或"艳"之借音。《文心雕龙·辨骚》"惊采绝艳"作"绝焰"可证。古曲前有"艳",后有"趋",则"艳"即"引"也。"艳""盐""引""焰"皆一声之转。升庵以为"盐亦曲之别名",实未详其义。又按方以智《通雅》,即以为"正是曲前之艳"。今按"盐"字如读去声正如"艳"。

---

① 《人间词话》第六三则。
② 杨慎《词品》卷之一:"夜夜、昔昔"条。杨慎(1488—1559),字用修,号升庵,有《词品》《升庵长短句》等。

145

《五更转》①之"转",即"啭"也。《高僧传》之"转读",亦即"啭读",谓异于"默读"或"朗读"也。敦煌卷子中即多写作"啭"字。又鸟鸣曰"啭",如"莺啭",言其如歌悦耳也。

146

《花庵词选》有《洞仙歌令》调八十七字,犹称为"令",则南宋时令词未必指小令,长调亦可称"令"。

147

薛昭蕴②《离别难》:"宝马晓鞴雕鞍,罗帏乍别情难。那堪春景媚,送君千万里。半妆珠翠落,露华寒。红蜡烛,

---

① 《五更转》,词牌名。
② 薛昭蕴,唐末五代时人,词收入《花间集》十九首。

青丝曲,偏能钩引泪阑干。 良夜促,香尘绿。魂欲迷。檀眉半敛愁低。未别心先咽,欲语情难说出。芳草路东西,摇袖立。春风急,樱花杨柳雨凄凄。"

此调用韵之复杂,为词中仅见。参看贺铸《小梅花》。

贺铸《小梅花》:

思前别,记时节,美人颜色如花发。美人归,天一涯,娟娟姮娥三五满还亏。翠眉蝉鬓生离诀,遥望青楼心欲绝。梦中寻,卧巫云,觉来珠泪滴向湘水深。 愁无已,奏绿绮,历历高山与流水。妙通神,绝知音,不知暮雨朝云何山岑?相思元计堪相比,珠箔雕栏几千里。漏将分,月窗明,一夜梅花忽开疑是君。

此首换韵七次,即以 a,c 为一韵,d,f 为一韵,e,g 为一韵,b 与 h 各为一韵,合计亦有五韵。参看薛昭蕴《离别难》。

三、文议

1

所谓真理,固当穷自然宇宙之理,但尤当穷人类心灵之理。凡大学问家所著书,读之有自然令人心地洁白志趣高尚者。陶渊明诗无论矣,余每读《人间词话》,便觉作者把我送入另一圣洁之境界。今之治考据者,固亦求真之一道,但如无伟大之人格,高尚之志趣,则纵然于朴学上有大贡献,亦只是一种"技术",并非学问也。治此学者只是一种学匠,其地位技巧,与其他一切木匠、铜匠、成衣匠无分上下,不得谓之学者也。余近亦颇喜音韵训诂之学,深愿以此自惕,庶不致流为学匠焉。

文学艺术者,超乎人世一切利害毁誉之学问也。故余处之于宗教与哲学之间,以哲学有时且不免迁就世俗而成为实利主义(Pragmatism)也。文学家最要之要素曰诚与真,造语不妨拙,不妨幼稚,但有真诚,便为戆直,便为天真。

>>> 陶渊明之诗,吾称之曰:"自人生中净化出来。"图为明代唐寅《东篱赏菊图》。

杜诗有极拙者,如《北征》云"臣甫愤所切",然吾人不觉其拙,以其真诚也。若技术已老练而其立意修辞不真不诚者,是讼师之刀笔耳,非文学也。黄仲则①绮怀诗有云:"珊瑚百尺珠千斛,难赎罗敷未嫁身。"吾人读之不觉其轻薄者以其真诚也。玉谿诗中有"不敢公然仔细看""网得西施别赠人"之句,余深恶之。西昆僭薄之词,义山实为祸首。或谓义山诗自有真挚处,此等僭薄句只三数首耳,未足为病。不知诗人最忌僭薄,即僭薄之思想亦不应有,而况出之吟咏乎?诗人而不尊重女性,便入魔道,我爱《红楼梦》,正以其书中主角,无一僭薄语耳。

或谓义山多情,我未之可。多情人未有不尊重女性者,正惟其情之虚浮肤浅,故不自觉其语之佻鄹轻薄也。情之为物,不是至神极圣,便为至卑极劣。神圣卑劣之辨,甚几极微。古今多情之诗人亦多矣:青莲之潇洒仙逸,小山之风流蕴藉,淮海之悱恻凄苦,永叔之温文尔雅,纳兰之缠绵悲凉,皆为一种之多情,然未有如玉谿之轻薄者也。

小山词,即狎妓幽会之作,亦多腑肺真挚之语,想见其人之诚恳。

中国有三大诗人,陶潜、杜甫、李白是也。之三人者,我各以一英语形容之:陶潜之诗,吾称之曰: Purified from life

---

① 黄景仁(1749—1783),字汉镛,一字仲则,号鹿菲子,武进(今江苏武进)人,清代诗人。

>>> 中国有三大诗人,陶潜、杜甫、李白是也。图为明代丁云鹏《少陵秋兴图》。

(自人生中净化出来);杜甫之诗,我称之曰:Penetrating into life(深刺于人生之核心);李白之诗,我称之曰:Transcendental to life(超脱乎人生)。此三语可为深于文学者道,不足为浅人言也。

人类一切问题皆可归入二类:一曰社会问题,一曰人生问题。学问之属于社会问题者一时必极风行普遍,一时代之思潮及政治经济等一切社会科学是也;学问之属于人生问题者绵延必甚悠久,宗教及哲学之一部是也。唯文学作品则兼此两类问题。一时风靡之文学,或且随秋风以俱尽,历时久远之文学又或好之者甚少,唯最伟大之文学作品普遍而悠久。普遍,以其抓住社会问题之重心;悠久,以其深入人生问题之核心也。宗教家亦然,大都从社会问题出发,向人生问题归宿,佛与耶稣悉皆如是。墨子之学之所以及汉而斩者,疑或太少注重人生问题之故耳。

我尝跋顾羡季师《荒原词》云:"羡季师《无病》《味辛》两集如山西汾酒,辣口过瘾,此卷《荒原》则如十年陈酿,入口温凉,下肠融和,舌上辨不准是甚滋味,这滋味须在血液中体会得。"

《荒原词》有《小桃红》云:"……花落花开,年华有尽,人生无价。"真苦笑也。《味辛词》有"愁绝天边月,十五才团圆,十六还成缺"之句,人世悲凉有如是者!羡师词之佳者其境界直不在陶下。

2

受苦者能感觉到被人同情也是一种耻辱时,方才有出路。个人如此,国家、民族、阶级、团体亦复如此。

伟大的人大抵是伤痕遍体的,大抵是寂寞的。伤痕遍体是所以伟大的原因,寂寞是伟大者最寻常的酬报。个人如此,一种宗教或学说的起来,亦是如此。

唯慈悲者才能勇猛。没有慈悲的心的,他的勇猛是假的,只是凶暴,只是残忍。

懂得世故而不应用世故以损人利己者,方是有道德,有操守。不懂得世故,因而也不会用世故者,是忠厚。懂得世故而应用世故以损人利己者是圆滑,是社会上最普通的事,是一切"成功人"所必采的路径。其实不懂得世故而却想应用世故者,只是可怜的愚妄而已。

虚伪的人给真诚者的谥法是"尖刻"。因为"尖",所以能"刻",而被"刻"破的,又往往是自己的假面具。亦称"尖酸","酸"可以醒酒,使他不得永远浸在自欺的陶醉里。所以"尖刻"和"尖酸"都是很"可恶"的。

同情和可怜的距离,比和爱的距离更近。

至爱无怜。至爱者只有牺牲自我,决不可怜他人,以示自己的爱,以示自己对被爱者的恩。此可于昆虫禽兽母子之间验之,但不一定可于人类验之。

近来偶然读陆放翁的词集,他有一首《鹧鸪天》:

看尽巴山看蜀山,子规江上过春残。惯眠古驿常安枕,熟听阳关不惨颜。　慵服气,懒烧丹;不妨青鬓戏人间。秘传一字神仙诀,说与君知只是"玩"。

真使我读了感到无限的悲痛。放翁别的惨痛的句子也还有:例如:"身易老,恨难忘。尊前赢得是凄凉。""贪啸傲,任衰残,不妨随处一开颜。"都足以说明诗人以笑代哭的情形。但都没有上面所引那一整首《鹧鸪天》写得完全、真切。我们相信,文学作品多半是实际人生上不幸的产物。放翁如果他的政治上军事上的抱负能发展的话,或者即使不能发展,能有一个机会去运用,不至于"老却英雄如等闲",不至于"一事无成两鬓霜"的话,大概就不会有这样深刻的诗句。放翁有诗词是放翁的不幸。其实他尽可以不必为当时的政治情形熬成那样深悲极痛。即如现在东北沦陷了一年多,一般知识分子还不是照样酣戏歌舞?然而他偏要自苦,这不是活该?志摩说的,那一个天才不是活受罪?

但是,我觉得放翁的词沉痛,并不在他的"惯眠古驿常安枕,熟听阳关不惨颜",那不算什么。这一类的经验,略经世情的都能感觉到。所谓人生,到头来大概总免不了有这么一个平凡而又可惊的结果。我所认为特别悲痛的,却是最后的两句:"秘传一字神仙诀,说与君知只是'玩'。"苦痛悲哀,本来是人之常情,赤子索食而啼,贫民冻馁而号,虽然也是人间苦痛事,但他们毕竟还有"啼"和"号"的自由,还有机会可以表示,有法子可以发泄,可以征得人的同情和怜惜,或者因而可以求得所欲得的愿望,因而解脱苦痛。但是诗人的悲哀可没有那么简单,他的痛苦是没有法子表示,或者环境不准他表示的。但不准他表示苦痛,并且他为要适应他的环境,还得表示快乐。你心里尽管压着思想的磨石或者缠着情感的荆棘,但你脸上总得挂起笑容。——因为人是需要快乐的。"心里苦痛脸上笑",这是一个人生的谎。但诗人又是最率真;"谎"更叫他不能堪,不能忍。于是他只好对于人生的各方面,处处试用快乐的态度来解说。这便是他的风趣(Humour)。所以风趣决不是快乐,它是比悲哀更深的悲哀。有风趣的人不是不严重,他是不能有严重的态度而又不能消减严重的实在,才不得不出之以风趣。假使楚庄王汉武帝不是暴君,优孟和东方朔又何不正言厉色的讽谏,又何须一个在殿门内装假哭,一个在太庙里偷肉?人类社会不一定比楚庄王汉武帝仁厚,诗人们有苦笑,文学中有幽默,便是最强有力的证据。

　　风趣(Humour)不就是快乐(Joy)。莎士比亚剧本中的伏斯达夫(Falsetaff)不就是俭贵思(Jaques)。真的风趣不一定好笑。也许你一听着觉得好笑,但你得仔细张开了笑口阖不拢来。风趣要没有了痛苦的背景,便成了快乐。快乐的人是幸福的。有风趣的人却往往因为哭不得才在那儿笑。快乐的人也许是醉生梦死的,痴痴肥肥的,他们的笑是无忧无虑的喜笑、戆笑、痴笑。诗人们也未尝不想享这种福,但是他不能。他只能如纳兰成德所谓"羡煞软红尘里客,一味醉生梦死"。所谓"瘦狂那似痴肥好,判任痴肥笑"。诗人们也笑,那是不错的,但他的笑往往是无可奈何的苦笑,必不得已的急笑,替代眼泪的惨笑。他的笑不一定是自然的,他的笑涡里有的是苦汁,他的每一个风趣后面也许隐藏着一个悲惨的故事。我们知道寻常的笑是天生的,有了可乐的情感,不自知其手之舞之,足之蹈之,那是最勉强不来的;但有风趣的谈笑是在人生的痛苦中磨炼出来的。它是一个梨,甜和脆是人们所尝到的,酸和苦是它内心的隐藏。

人类的生活是一种技术。有的人是天生成是这一类的技术家,但诗人往往不是这一类人。有的虽然不是天生,但他可以随俗上下,一经世故,马上可以把自己在各方面配置得十分妥帖,与世无忤;但诗人有的是倔强与狷介,他不能随波逐流,他不能降下自己的理想去迁就世俗,他只望把世俗能提高来适合他的理想:

It was the province of a great poet to raise people to his own level, not to descend to theirs.

这是诗人们神圣的职务。但如果他要忠于他的职务,忠于他的理想,碰壁是意中事。这是人生的悲剧,一切诗人的苦痛。

但他照样得做人,照样得在一切社会之中周旋,苦痛苦你自己的,总不能在人面前老是哭丧着一只贝多芬式的脸。你们知道却而斯来姆(C. Lamb)[①],有一个疯狂的姐姐,杀害了他的母亲,他为了这悲惨的家庭,牺牲了他一生的幸福,一生做着机械的工作来赡养。可是他见了人只是笑。在当时的文人中,他的风趣是出名的。他见了人只是笑,是的。他难道是全无心肝的?但是试问不笑又待怎么样?

有多少人知道"笑"和"泪"的距离吗?

在志摩——一个被人认为最有"风趣",最爱"好玩"的诗人——的周年忌日,我更没有别的话要说,我只抄一节他自己的文字,来作我这篇小文的结论:

> 我的心灵,比如海滨……此时摸索潮余的斑痕,追想当时汹涌的情景,是梦或是真,再亦不须辨问,只此眉梢的轻皱,唇边的微哂,已足解释无穷奥络,深深的蕴伏在灵魂的微纤之中。

有谁留心过志摩生前眉梢的轻皱,唇边的微笑,或者喷一口淡烟,抛一下短发的神情吗?

[①] C. Lamb(1775—1834),今译查尔斯·兰姆,英国作家。1806 年,兰姆姐弟开始从莎士比亚戏剧中选择二十个为人熟知的故事,改写为《莎士比亚戏剧故事集》。其姐玛丽因精神病发作误杀亲生母亲。查尔斯照顾其姐四十年,终生未娶。

4

三十年前的青年有一种风气,喜欢用纪念册请朋友题词。在学校中快要毕业的学生,尤其不肯放过请同学们在纪念册上留下"纪念"的机会。

1933年,有一个同学[①]拿一本册子来,指定要我在上面写下一篇我的已经发表的短文。但这册子并不是这位同学自己的。她是受了另一个朋友之托来转请我写的。这个朋友是当时北京协和医学院的医生冯蕙熹[②]。在冯医生的册子上,已经有了许多题辞,其中一首短诗是鲁迅的,全文如下:

> 杀人有将,
> 救人为医。
> 杀了大半,
> 救其孑遗。
> 小补之哉,
> 乌乎噫嘻!
> ——鲁迅

[①] 即吴新珉,20世纪70年代曾在美国康奈尔大学教书。
[②] 20世纪70年代有人发表文章谈"新发现的鲁迅无题诗",将冯蕙熹误为冯蕙馨。文中亦未提及此诗最早是由吴世昌介绍出来的。

因为要写满一页,所以是分行直写,每行四字,不加标点。至于有无日期,我已记不得了。后来听说冯医生和鲁迅先生是亲戚,所以才请他写的。

这首——我姑且称它为"四言诗"——题词虽短,却有鲁迅作品所特具的警辟深刻的风格,在当时国民党统治之下,军阀混战,杀人如麻,一个热心于救人的年轻女医生请他题词,这是使他感到痛苦的:尤其是因为他自己在年轻时,也曾热心于学医救人。后来鉴于在日俄之战中我们自己在东北的同胞,纵然有强壮的身躯,仍不免被杀,才痛切地感到救灵魂重于救躯体,政治教育重于病理医疗,才放弃了医学而决心用文艺来教育人民。在连年内战,日军入寇的情况之下做医生,无可奈何的事实是:"杀了大半,救其孑遗。"于是只能得出"小补之哉"的结论。这也说明了在黑暗的统治之下,即使是好心肠的青年,满腔热忱地想救人,其客观效果,也是有限得可怜的。

5

关于条件反射在文艺创作上和文学批评上的运用,是我长期以来思索的问题,也是巴甫洛夫学派所未触及的领域。人类的生理活动既然可以受条件反射的控制与指导,则其精神活动也逃不出这条件反射的范围,"口之于味有同嗜焉"。原因何在？很显然，人多爱甘旨（甜味和脂肪），因每人从小吸取母乳，而乳汁是有甜味与脂味的，这是最普遍的条件反射，这是"同嗜"最基本的根据。小儿断奶以后，能吃固体食物，即接触全食和五味副食，这也是数千年的条件，养成全民族的反射，亦即"同嗜"。人类其他精神活动，譬如文艺创作，如果没有一个民族的文化背景，作为一种长久的历史条件的基础，则其作品即不容易为大众所接受。一切文艺欣赏都是后天取得的趣味，这引起美学上的一个大问题：即客观事物本身有无离开了人类的"内在"的或"本性"的美？赤道非洲人民所欣赏的美人，别的地方的人（白人、亚洲人）是不是也同样欣赏？鲁迅说爱斯基摩人不会欣赏林黛玉，林黛玉会不会爱上非洲的人呢？当然，白人由于和黑人接触久了，发现黑人为人品德上有许多可爱之处，因而爱上了黑人，那是由于"接触"，由于发现其"品德"之美，这"接触"和对其品德之"欣赏"，也就是一种条件，其"可爱"即是此条件之反射（因品德好与可爱是长久的文化教养，即是条件反射）。文艺创作本身也是一种条件反射，如作诗，不论是形象思维或逻辑思维，其联想即是对预先有的条件（教育、修养均是）的反射，甚至诗中某些字句的好不好，也常受读者过去所受文化教育的影响，此影响即以前的已有的条件，读者读到此诗的感觉意见，即是反射。这种反射决不能不受或排除过去"教育""修养"这些条件的影响。对于美的欣赏需要有训练即需要奠定条件的基础。人类整个教育过程即是为受教育者预备条件的过程。人与人之间有"共同语言",即两方都有过同样条件的训练,一方用语言这工具反应时,附和听者的条件,可以接受,所以称为共同语言。这名词比喻的用法,即"思想相同"这一意义,也是由于有共同的条件作为背景,故能双方互相接受,交换也成为可能。

一派新的艺术作风新起时,观众开始往往不能接受,久而久之,加以训练指导,其思想与艺术家逐渐相通时,即渐渐能接受了。能接受即是愿意受作品的影响,受作品的教育。看书尤其如此。读一书即自愿接受此一书的教育,接受此一书的影响。听音乐、看画也是如此。即使看完一书之后说我不喜欢此书,也已经在阅读过程中受它影响了。

6

中国的汉字学习书写都不如外国的拼音文字方便,但凡事必有正反两面。汉字正因为它不是拼音文字,是一种独立于语言之外的意符文字,所以不管你怎么念它,它的意义始终不变。这个不变意义的特点,对于中华民族的生存与团结,对于中国文化的保存与发展,做出了莫大的贡献。这一大贡献,过去有许多人没有意识到,或虽注意到而没有充分估计到,没有加以公正评价。试想中国幅员之广,方言之多,各地语音的区别之大,如果没有一种共同的精神文明的纽带把中国人联结起来,在中国这块土地上恐怕要分裂成几十个大大小小的国家,其间语言区别之大,远要超过现在英、法、西、葡、德、意语言之间的区别。如果我们古代已用拼音的方法写下我们祖先的思想感情,则现在中国(也许早已变成数十个小国)这块领土上至少要有几十种拼音文字,而且每隔一个相当时期(例如五个世纪)一国文字本身又逐渐随语音的改变而不同于古先的记录。语言在空间和时间的双重压迫之下不能不改变,则用音符记录下来的文字当然也像大街上的行人,互不相识。但如果用以记录的符号不是简单的几十个音符(拼音符号)而是复杂的意符(如同汉字),则不管你怎么念它,甚至只看字形而默不出声,它的意义也可令人了解。正唯因为方块汉字有冲破空间时间限制的优点,逢山开路,遇水搭桥,传子传孙,无远弗届,所以它能保卫延续了中国五千年的文明,团结了亿万人口的中华民族,维持两千多年的统一政体。

19世纪以来,帝国主义者和殖民主义者为了抬高自己的身价,故意贬低东方文明,就说从学理方面证明拼音文字比象形(应该说意符)文字进步或优越。前面已经说到,作为冲过空间的障碍,打破时间限制的交通工具,意符文字远远比拼音文字优越。人类(或动物)从自然界中获得知识的门径主要是用视觉或听觉。意符文字用视觉吸收其意义,不受空间时间的限制,拼音文字用听觉吸取意义,并受空间时间的限制。——凭什么说视觉不如听觉优越?动物界中,鸽子的行动是用视觉指导的,蝙蝠的飞翔是用听觉指导的,但不能说蝙蝠比鸽子优越。① 鸽子凭视觉可以从千里之外飞回原地不误,而蝙蝠无此能耐,它又优越在哪里呢?

7

古代一位国王召见一个政论家,问他乱糟糟的天下怎样能安定下来?那位政论家说:只要天下统一了,就安定了。国王又问:谁能统一?他说:不爱杀人的人能统一国家。这位国王是梁惠王,那政论家是孟轲。封建统治者都爱对外发动侵略战争,杀人盈野,以求统一;或对内用严刑峻法镇压反对者以求"统一"。所以孟轲针对梁惠王想以杀人为手段以达到统一目的,提出"不嗜杀人者"这个前提。孟轲这话也有根据。因为《易经·系辞》说"天地之大德曰生",则人间之大恶为杀。以此标准论古人之善恶贤愚,则知人论世百不失一。以此标准论操生杀之权的统治者,尤为重要。

---

① 蝙蝠在无光的洞中飞翔,凭口中发声的回音以知环境中的障碍物和它本身的距离(回声测距 echolocation)而避免冲撞。(著者原注)

>>> 孟轲这话也有根据。因为《易经·系辞》说"天地之大德曰生",则人间之大恶为杀。图为清代康涛《孟母断机教子图》。

但近人论古人好为翻案文章,为千百年来庶民所弃之千古罪人,举其一二小善微功,加以宣扬,而掩盖其十恶不赦之杀人罪行,或假政治上的必要性恕其杀人之恶,如女则吕雉、武曌,男则曹操、石崇,为了达到"好的目的",不惜采用"坏的手段"。但如果其手段恶劣残忍,目的如何会"好"下去?今日视之,不必责其淫而应责其狠毒残酷。开国逐鹿之主,秦坑赵长平卒四十万,项羽坑秦卒二十余万,杀人如此,其能久乎?以秦之强卒亡国,以项羽之武卒败绩。岂非人心向背,厌战恨杀之所致?

8

振兴中华的先决条件——发扬光大固有文化传统。保存维护古代文化,包括文物、艺术品;研究文化遗产;要研究必先弄清真实情况;在了解修养古文化遗产的基础上更进一步发扬光大,创造新文化;必须能发扬传统创造新的基础上才能进步,才能振兴中华。

欧洲文艺复兴的历史,便是一部考证希腊文化,了解希腊文化,打破天主教文化的束缚的历史,把人类的思想从基督教的禁锢之中解放出来,才能创造新的艺术(绘画、雕刻)和科学思想,达尔文才敢于取消上帝创造万物之权。

>>> 看到云冈石窟,我们不禁想到希腊的雕刻。图为云冈石窟中的佛像。

看到云冈石刻,不禁想起希腊的雕刻。当然两者都是神话、宗教故事,我们不必信它的宗教思想,但必须研究发扬它的艺术,因为这是国宝,是中华民族共有的宝藏,谁也不准破坏。或问我们保存佛像,是否要信菩萨?当然不是。欧洲文艺复兴,打破基督教的束缚以后,并不转而相信希腊神话。但文学家研究希腊诗歌戏剧,艺术家研究希腊建筑雕刻绘画,他们在希腊的古文化的基础上,创造更新的文化,在思想上突破罗马文化,发现地球围绕太阳运转的真理,打破上帝创造万物的迷信,人类才能进步到现代文明,创造各种思想,包括马列主义。所以保存、研究、发扬传统文化,只要脑筋清醒,不会引导自己或别人错误地走到迷信宗教的邪路。因为宗教本身在现代化中也只是作为传统文化遗产的一部分,也就是我们研究的对象。

在研究之前必须先做考证的工作,如某书的年代真伪,作者的生卒年和生平行事这些历史事实。这是一切研究的根本,是科学的基础。有人认为考证太琐碎,我们研究某书或某人思想,才是从大处着眼。殊不知没有考证,书的真伪还没有弄清楚,你只能在错误处着眼,哪里谈得到"大处""小处"?从错误处着眼,可以一错几千年,害死千万人。我举一个例子,中国儒家的经典中有一部《书经》,这是六经、九经或十三经中最重要的有关古代历史的书。从南北朝以来,都被认为神圣不可侵犯的圣经贤传,此书分古文、今文两部分。所谓古文、今文,指汉代传下来的版本。但是康熙年间山西出了一位大学问家阎若璩,他竟敢不相信这部书中"古文"这一部分是真的圣经贤传,他写了一部《尚书古文疏证》,有八十多条证据,考证出古文是伪的,这是对圣经贤传一大挑战。也有人以为考证是烦琐而不切要的,以为所研究的都是些文字校勘、训诂学上的小问题,果真如此吗?试仍以阎若璩的《尚书古文疏证》为例,他因为把这部圣经贤传中许多篇考证出来是晋代的梅赜伪造的,这是一千多年来对于经典的一个大挑战,使封建时代的士大夫知道所谓圣经贤传之中也有后人造的假古董,不可信,这就改变了自唐以来,尤其是宋代理学盛行以来封建士大夫对于古书的一向盲从的态度,思想获得了解放。可见考证之学是研究一切社会科学的基本功,其作用有如自然科学中的数学,一个不会代数几何的人如何能研究高深的物理化学?只有懒汉或头脑不清的人才反对考据之学。清代"桐城派"是以文章自负的学派,但他们的领袖人物,也主张为学应该义理、考据、辞章三者不可缺一。这一见解很高明很全面。用现代名词来说明问题,义理求善,考据求真,辞章求美。可见真有学问者不反对考证。

>>>
清代桐城派是以文章自负的学派,但他们的领袖人物,也主张为学应该义理、考据、辞章三者不可缺一。图为清代姚鼐书法。

9

天下最容易的事情(之一)是随人叫好,随人鼓掌。见某本文学史中举古人某一篇作品吹捧一顿,于是也跟着吹捧,其实他根本没有看懂,并不知其内容,也跟着鼓掌。呜呼,试看随人鼓掌者,几人识得掌中意?

10

诗人要把他的经验传达给你,如何表现是他的责任,如何认识感受,欣赏他所表现的却是你的责任。所以你不但得设身处地的想象,你还得读,再读,三读,四读,可能的话,千百遍地读。如果那是一篇名著——有许多即使不是名著的作品,也须要多读才能领会,李商隐诗便是最好的例子。因为只有经过自己的口齿喉舌,那作品才不能逃避你的试验。

11

周济在《宋四家词选》的《序论》中论词的声韵说:"东

真韵宽平。支先韵细腻。鱼歌韵缠绵。萧尤韵感慨。"又说:"阳声字多则沉顿。阴声字多则激昂。重阳间一阴则柔而不靡。重阴间一阳则高而不危。""东""真""支""先""鱼""歌""萧""尤"那些客观的字音,何以会有"宽平""细腻""缠绵""感慨"那些主观的感觉?周济这些话,初看似系臆测,实际分析起来是确有理由的。他有没有经过客观的分析我们不知道,但至少可以当得起他自己所谓"酝酿日久,冥发妄中"八个字。我们现在倒不妨越俎代谋,替他分析一下"东真"……诸韵何以会引起读者"宽平"……种种感觉。用罗马字来标音,我们知道:

"东"韵诸字的韵尾是-ong 或-ung

"真"韵诸字的韵尾是-en 或-un

"支"韵诸字的韵尾是-iu 或-i

"先"韵诸字的韵尾是-ien 或-uan

"鱼"韵诸字的韵尾是-ü 或-öö

"歌"韵诸字的韵尾是-e 或-o

"萧"韵诸字的韵尾是-iao

"尤"韵诸字的韵尾是-iu 或-yu

仔细辨别起来,我们读-ong 或-ing、-ung 诸韵时,我们的口腔都张得很宽,舌势也很平直,有一种广大宏壮的气概。"支""先"各韵的读音,舌边紧贴上颚,只留下舌尖部分一条极窄的路,让声气从这条窄路上细细地流出。我们知道口腔内各部是感觉最敏锐,对外来刺激辨别力最强的部

>>> 陶渊明的"采菊东篱下,悠然见南山"。只有"南"字才能表达此老迟暮采菊的心境。图为明代文徵明《桃花源》。

分;它不仅像身体其他部分一样有冷热、粗细、坚柔、脆韧各种辨别力,它还有味觉的辨别力,因此它的反应和情感也比较细致。(它所影响及于全身者,也比身体其他部分的影响更大。)气流细细地流出,在它便是很清楚一种的细腻的感觉。"鱼""歌"韵的-ü 和-o 声气的出来迂缓而费劲,是呜咽难吐或积郁待舒的象征,缠绵的表情和感觉正复如此。"萧""尤"韵的收韵是双元音,"萧"韵的收韵-iao 中的-i 的作用使音的震度高,而-ao 的读音使上颚高举,尤能显示激昂的情绪。-u 音也是震度高而发音得费劲。这类声音都是嘹亮的。所以周氏的论调,并不是全无客观价值的。当代外国的语音学者如 Otto Jesperson,也有同样的主张。他说"u"音有郁抑沉闷的意境,如英文 gloom、glum、glumpy、moody、sullen 等都是。用"sl-"起始的字,都有渺小的意思,如 slight、slim、slach、sly、sloopy、slip、slop、slut、slosh 等都是。正如中文浅齿音表"小少"的意思。如"戋"本小意,而水之小者为"浅",皿之小者为"盏",货之值少者为"贱",币之小者为"钱"皆是。

这类例子极多,也不须繁举了。

12

记得《诗刊》第二期梁宗岱给志摩的信中,曾经说到李义山的《无题》诗"芙蓉塘外有轻雷"的"外"字,他说读"外"字音时仿佛已经有对雷自远而近的感觉。他以为这是诗人的妙用,不可解说的。中国诗中这类问题多极了,比如"僧推月下门""僧敲月下门"的问题,不但诗人自己无法解决,他的知己韩愈没法替他解决,好像永远是诗学上没法解决的问题似的。我们假使用现在的方法来替他分析一下,"推"字 tā,平舌音,不仅他原来的意义是,并且他字音的象征也是一种迟缓而延续的动作。"敲"字 kô(唐音)空颚音,字义和字音都是指一种急遽而间断的动作。我们弄清楚了这些字音所引起的感觉和情绪的不同,再看当时的诗境,也许作诗的时候下字更能正确一点,或者不至于像贾岛那样推到韩愈身上去,虽然有这样的故事流传下来也顶好玩儿。

13

《人间词话》说秦少游的"可堪孤馆闭春寒,杜鹃声里斜阳暮",所引起的情绪是"凄厉"。但为什么是凄厉而不是别的什么情绪,王先生没有说。据我看,"可堪孤馆"四字都是直硬的 k- 音,读一次喉头哽住一次,最后"馆"字刚口松一点,到"闭"字的"p-"又把声气给双唇堵住了一次,因为声气的哽苦难吐,读者的情绪自然给引得凄厉了。再看李义山的《无题》,"刘郎已恨蓬山远,更隔蓬山一万重",我们觉得有无限不尽的情意。以后用同样方法写情的句子如欧阳修的"平芜尽处是青山,行人更在青山外",《西厢记》的"当初那巫山远隔如天样,听说罢又在巫山那厢",我们总觉得不及李诗的深挚。我们一时也许说不上理由来,但决不是没有理由的。他的关键全在"更隔"二字上。

14

字音不但能够暗示各种不同的情调,有时一首诗的意义境界都能从声音中表现出来。读边塞诗人王昌龄的《从军行》:

大漠风尘日色昏,红旗半卷出辕门。
前军夜战洮河北,已报生擒吐谷浑。

这首诗不必管他每一个字所代表的是什么意义,几乎听了他的声音就能知道他所表现的情绪。"大漠"的"漠"因为发音时口腔的空虚和双唇摩擦的关系,读着就可以感觉到沙漠的沉闷和广漠。"昏"字的音也暗示一种浑浊不清明的感觉。

第一句单七个字,已经从他的音调中把"从军营里望边塞"的情形表现无余,而且他给你一个浩大的气概和境界。底下"出辕门"和上句的境界完全是一贯的,但这中间却有

"红旗半卷"。红旗的"旗",半卷的"卷"都是收敛的声音,二字的读音都有期期不能出声的感觉。所以这七字不但把红旗的颜色在大漠中映得极其鲜明,而因为接着"昏""红"两个浑雄的字音底下突然用期期的幽声,连卷旗时那种严肃的情境都给他表现无遗了。在二个幽声中间用一个轻微的爆裂音"半"字,也能帮助那种严肃的情境。最后"已报生擒吐谷浑"一句"报"字高音,很有夸大的意义;吐谷浑这名词很凑巧,它字音的本身便令人有一种惊愕的感觉。

15

陶渊明的"采菊东篱下,悠然见南山"。如果我们把他改为"悠然见西山"或"悠然见北山",或"悠然见东山",虽然不一定比南山更坏,但总觉得不是陶渊明的诗,甚至于和他的人格身世都不相称。这话似乎是武断而主观,(因为不论东、南、西、北要换一个字有什么关系?)但如果稍为分析一下,并不是没有理由的。让我们看:"西山"二字都是以 s-音起,宜于写凄清轻倩的感情。"东山"的"东"字以 t-音起,山字以 s-音起,而二字的收音都有-n,所以"东山"二字都是发扬宏亮之声,也就只宜于表现那一种情感。如果用"北山",因为"北"字以 p-音起,p-是爆裂音,爆裂音所表现的是迫切急遽的情感。——所以"西山""东山""北山"所引起的凄清轻倩,发扬宏亮,迫切急遽的感情,都令人觉得不与陶渊明当时的情境相称。不仅是不与他老人家的身世人格相称,即便和上文的"悠然"也不相称。只有"南"字所暗示的沉郁迂缓的情调,才能表达此老迟暮采菊的心境。

16

旧诗词中运用字音来表达情感,最习见的是浅齿音(t-s-sh-ts诸音)。李清照的"寻寻觅觅冷冷清清凄凄惨惨戚戚",差不多已尽人皆知,但很少有人能指出它的妙处。誉之者也不过说,"是锻炼出来,非偶然拈得也"。我们如果把这些字眼分析下来,可以知道除了"觅觅""冷冷"以外,其余都是浅齿的 ts-声。ts-声如果加上喉音的-u,便会变成很沉重的音,如"争""做"诸音都是。但如果语尾是-e 或-i 读的时候,只是舌尖在齿龈轻轻的闪动;因为舌尖动作的轻,字音所引起的感觉和情绪也就很轻清。在 t-、s-、sh-、ts-许多不同的字音中,各个字音所暗示的情绪也自不同。t-是比较重实的,但用得适宜也能使他轻轻的着音,如马声的"得得",檐声的"点滴"很能轻轻的点逗情感。s-音所暗示的是最深最细的感觉,sh-音是比较空虚的。从实例中去找证据,往往有有趣的发现;即从李后主的"寂寞梧桐深院锁清秋",下半句的"深""锁"都是 s-音;"清""秋"都是 ts-音;"桐"

>>> 李清照的词句,尽人皆知其妙,却鲜有人指出其妙处。图为清代崔错《李清照像》。

字的 t-音,是一种预备的声音,不至于使以下 s-的字音显得太轻飘,使全句的情调比较重一点。正如月夜银塘的一声鱼跃,在某种情调之下这"扑通"一响必不可少。再就全句看,自"寂"字的 s-音至"深"字的 s-音,相去五字;自"深"字的 s-音至"锁"字的 s-音相去三字;自"锁"至"清"接下去就是,但已经从 s-音变成 ts-音,读时声调更加迫切,所以这句从全句读起来,以几个 s-音为主要的音调,便有一声紧似一声的感觉,同时读者的情绪,也不知不觉地随着音调而紧凑。

17

晏小山的《清平乐》记载一个幽逸的恋爱故事,有这么二句:"柳荫深深细路,花梢小小层楼。""深深""细""梢""小小"都是 s-音,全是有气无声的字母。我们读起来随着自然的字音,也得小声小气地读,仿佛读响了便怕人听见,便会失却"柳荫""花梢"幽期密约的情味。这种写法,最能得幽逸情调的神韵。《西厢记》的"心间无限伤心事,尽在深深一拜中"。"你若和小生厮觑定,隔墙儿酬和到天明,便是惺惺惜惺惺。"许多 s-音,都能暗示一种"幽私"的感觉。当然 s-音以后的收声也占很重要的地位,可以改变 s-原有的各种情调。譬如后面的音假若是开口开颚的音,他的情调会变成凄楚悲昂。放翁的《好事近》下半阕："瘴云蛮雨暗孤城,身在楚山角。烦问剑南消息,还怕成疏索。""消"和"疏索"都是开颚音,因为发音器官的开昂,感觉上也受到同样的影响。而纳兰的《鹧鸪天》:"明朝匹马相思处,知隔千山与万山!"是更好的证例。

18

　　口腔的部位和动作,最能表现诗中的情绪。诗人写诗的时候也许只是天才的流露,并没有顾虑到那些,但如果他表现情绪的方法适当,他所用的工具(文字)便能感动读者同样的情绪。我们表现"无可奈何"的情绪往往是佗口平舌的呼气。打碎一个美丽的茶杯,掉了一件心爱的东西,沾污一件新制的衣服,或者听到一个无可援助的消息,最普遍的表情是放平了舌片,佗口叹一声气。"叹"和"太息"的"太"字发音,便是摹仿这种情感。小孩子做错了事,看见大人张开口拖拖舌头,也是相类的表情。明白了这一点,我们再来看李义山的:

　　　　莫叹万重山,君还我未还。
　　　　武关犹怅望,何况百牢关!
　　　　　　——《饯席重送从叔余之梓州》

>>> 纳兰的《鹧鸪天》:"明朝匹马相思处,知隔千山与万山!"是更好的证例。图为纳兰性德像。

诗中本来所要表达的是送别的情绪，送别是一件无可奈何的事。这首诗所用的字，凡经在旁边加点的(叹、山、还、还、关、望、况、关)，都是开口平舌的叹息音。除了"望""况"二音以外，差不多都是押韵的。而且分配得均匀，逐句下推，有一种由近而远的感觉，尤其适宜于送别的情绪。

19

中国的魏晋六朝，和欧洲的中古时代差不多，是一个不大容易被人了解，有宗教热忱而又浪漫意味很重的时代。"浪漫"是近代人的说法，用古时的话来说，是"旷达""风流"。杜牧之所谓"大抵南朝都旷达，可怜东晋最风流"。一般地说，这时代的人喝酒、服药、清谈、放诞、狂狷、任性、好山水、好艺术，穷奢极侈的享乐和自暴自弃的颓废。中国私家园林的起来，也是在这个时代。

20

《西京杂记》记园的内部建筑说：

梁孝王好宫室苑囿之乐。作曜华之宫。作菟园。园中有白室山(一作百灵山)，山上有肤寸石，落猿岩，栖龙岫。又有雁池,池间有鹤洲凫渚。宫馆相连,延亘数里。奇果异树,瑰禽怪兽,靡不毕备。王与宫人宾客,弋钓其中。

但《西京杂记》是魏晋以后的书,恐怕免不了受了当时园林的影响,参考枚乘的《梁王菟园赋》,作一些想当然耳的记载。因为"赋"是照例夸大的铺张,而枚乘又曾躬游菟园,也还没有说道:"瑰禽怪兽,靡不毕备。"只是说"斗鸡走菟,俯仰射钓"而已。此外就很少见除了帝王还有谁有园林。孟尝君的客人虽然有"珠履三千",但他也似乎没有特别讲究的园林可以引起当时写历史的人注意。邵平大概是有一个园的,但是可怜,他下了东陵侯的任之后,那园子只能让他种种瓜而已,其简陋也就可想而知了。我想古籍中所说起的园,譬如《诗经》的:"园有树桃,其实之肴。"《史记》的:"梁有漆园,楚有橘柚园。"以至于曹参的从吏在隔壁饮酒高呼的后园,董仲舒讲《春秋》讲得太起劲,三年不去瞧它一下的园,多半是这类的果园菜园,并不是有楼台亭池的花园。再不然,就是桑园漆园,听说庄子曾经管过漆园。

21

魏晋的文人是自尊心最重,感觉最敏锐的——骄傲是自尊心膨胀到别人身上,或者是在不必要自尊的情形之下过分自尊——王羲之做了几年官,精神上苦痛极了,急得在父母坟前立誓不再做官。陶渊明的情形也是相同。实际上是因为不愿意跪拜长官,鞭扑吏民,才把官丢了。但他这样做是会招人非议的,所以他做了一篇《归去来辞》,在序中说,是因为他妹妹在武昌死了,他要奔丧,才辞官的。① 这和张翰不愿意卷入政治漩涡,却说是想吃莼菜鲈鱼,是同一意思。

22

他们把人生看得极透彻,但也看得极认真。"生死亦大矣,岂不痛哉!"他们越看见当时名士的脑袋一个个被砍下来,越感得自己生命的可贵。这可贵的生命是很短促,很没把握的,那就不能让它平淡的过去。他们的精神生活要有所寄托,要紧张,要不平凡。这可以说是魏晋人物各种性格的总原因。他们都有宗教的热忱,没有给他们发展的机会,

---

① 陶潜的《归去来辞》并非弃官时作。《陶集》卷八《祭从弟敬远文》云:"余尝学仕,缠绵人事,流浪无成,惧负素志。敛策归来,尔知我意。常愿携手,置彼众意。"可见陶弃官而归,"众意"对他不满,只有这位从弟是他知己。《归去来辞》之作,大抵和前人的解嘲答宾戏之类同一作用。此点前人都未言及。(著者原注)

>>> 陶渊明不愿意跪拜长官,鞭扑吏民,才把官丢了。但他这样做是会招人非议的,所以他作了一篇《归去来并序》。图为元代赵孟頫书陶渊明《归去来并序》。

歸去來莘序

余家貧耕植不足以自給幼
稚盈室缾無儲粟生生之
資未見其術親故多勸
余為長吏脫然有懷求
之靡途會有四方之事諸
侯以惠愛為德家叔以余
貧苦遂見用為小邑于時
風波未靜心憚遠役彭

便在别的种种行为上表现一种极端主义。中庸主义的儒家思想,当然要为他们所唾弃的。所以若说旷达,魏晋人物并不。那是晋末六朝的事。旷达是须要修养的,须要相当平静的生活。在乱世中,外界、内心,不断的有刺激来打扰,那是不能叫人修养到旷达的。嵇康虽然做"旷然无忧患,寂然无思虑""忘欢而后乐足,遗生而后身存"的文章,但他自己并不能做到那地步。一直要到陶潜的"采菊东篱下,悠然见南山",才真是"忘欢而后乐足""未知明日事,余襟良已殚",才真是"遗生而后身存"。但陶渊明的思想中已经掺入了儒家的成分。还有一个证据,可以证明魏晋人物并不旷达,便是那时候"游仙诗"特别的多。若是旷达,认清楚生是偶然,死是必然,那就不必在生和死之间这一段通常的生命以外更求超世的神仙生活。只有老陶是了解此理的,所以他说:"我无腾化术,必尔不复疑。"(《形赠影》)"彭祖爱永年,欲留不得住。"(《神释》)从另一方面看,魏晋人物因为不满于现实生活,所以产生理想的乃至幻想的游仙思想,那也不一定比旷达坏。因为旷达多少有点安于现状,有理想总比没有好些。但不要误会,以为我说陶渊明比他们更能"忘欢""遗生",就说他安于现状。其实他是心肠极热对政治极不满的人;读他的《咏荆轲》《读山海经》(第十、十一首)诸诗就可以知道。如果他有时安于现状,那现状是经他自己理想化了的。

但最使我觉得恶心的是他(指韩愈——编注)的《示儿》和《符读书城南》二诗。我在1930年写《辛弃疾》传记[①],曾引韩愈《示儿》诗和辛弃疾的骂子词作为对比,也比较二人品格之高下。《示儿》的开始四句:"始我来京师,只携一束书;辛勤三十年,以有此屋庐。"完全像一个暴发户夸耀他自己如何白手成家的经过。尤其令人齿冷的是下文竟有这样的自我吹捧:"开门问谁来,无非卿大夫。不知官高卑,玉带悬金鱼。""凡此座中人,十九持钧枢。"(掌握中央政权)把孩子从小就培养成趋炎附势的势利之徒,这是连以前的封建文人如胡仔、邓肃、全祖望等都忍不住要指出韩愈"所'示'皆利禄事也""徒以利禄诱子"。"爱子之情则至矣,而导子之志则陋也。"陆唐老说《符读书城南》一诗,"切切然诱其幼子以富贵利达之美"。诗中又有"不见公与相,起身自犁锄"等语,这不是教子下乡,而是劝人弃农就仕,以博富贵。所以洪迈《容斋三笔》说,诗中所说"乃是觊觎富贵,为可议也"。辛弃疾的《最高楼》有一个短序说:"吾拟乞归,犬子以田产未置止我,赋此骂之。"原词如下:

[①] 见《新月》月刊第3卷,第九期,第5—7页。那篇文章是我在燕大二年级时写的,当时所习为英文系,故读书不多,尚未见胡仔、邓肃、全祖望等各家对韩诗的评语,故文中未称引。(以上著者原注)《辛弃疾》见《罗音室学术论著》(第二卷)。

苦貧如窶士物莫骸兩大豈桃花流水天固有以畫其亭邪西塞在吴興故元真有霅溪灣裏釣魚翁之句而黄州亦有之乃唐曹戎王用師家東坡公嘗以偶散花洲被諸樂府姑借為齊安重至於雲天箬笠江海蓑衣之章則固表其下曰吴興矣淳熙戊申十月廿三日野處洪景廬書

>>> 洪迈《容斋三笔》说韩念《示儿》诗："乃是觊觎富贵，为可议也。"图为宋代洪迈跋李结《西塞渔舍图》。

天筆題識其上由存挂之素壁正不識畫者知其為超妙入神視丹青蹊徑漠然相絶雖釣竿蓬艇葛巾野服常羊於菰蒲風露間使人之意也消若著腳於絳闕清都之上覩其位置直与西塞溪山寫真縹二陵雲人間世無此境也而河陽李次山一旦實得之不得芝元真子存得迄欠山將迄矣不得至西塞

吾衰矣。须富贵何时？富贵是危机。暂忘设醴抽身去，未曾得米弃官归。穆先生，陶县令，是吾师。
　　待葺个园儿名"佚老"，更作个亭儿名"亦好"。闲饮酒，醉吟诗。千年田换八百主，一人口插几张匙？咄！豚奴！愁产业，岂佳儿？①

这一对比，我想谁都看得出二人品格之高下，任何赞语都是多余的了。我那时读书不多，不知道苏东坡早已注意这一点，不过他用杜甫的《示宗武》诗比韩愈的《示儿》诗。他引了五联韩诗后说："所示皆利禄事也。"又引杜诗五联，然后结论道："所示皆圣贤事也。"（《苕溪渔隐丛话》前集，卷十六）

24

至于别的封建文人希望他们的儿子做大官，这是从来就如此，而且几乎人人如此。但别人有这些愿望，而且笔之

---

①《汉书·楚元王传》说，元王的中大夫穆生不嗜酒，元王特为他设醴。后来嗣王戊即位，忘记设醴，穆生预感到"王之意怠"，遂谢病去。下句指陶潜不愿为五斗米的官俸向乡里小儿折腰而辞官。故下文说"穆先生，陶县令，是吾师。"末三句一作"便休休，更说甚，是和非。"乃后人妄改。序曰"骂之"，末三句正是骂之之语。改后"更"字失律（应作平声），"非"字出韵（应作四支），且与上文"更作个亭儿……"重复相犯。（著者自注）

于书,我们读了却并不感到恶心,反而觉得天真可爱。试举几个例子,以便与韩愈的诗作比较:

第一,唐李商隐的《骄儿诗》希望他儿子将来"为帝王师",封"万户侯"。这是希望他儿子能像张良那样佐刘邦成帝业,封为留侯。

第二,苏轼的《洗儿》诗说:

> 人皆养子望聪明,我被聪明误一生。惟愿孩儿愚且鲁,无灾无难到公卿。

这是牢骚,是反话,是骂世,但读者不觉得他卑鄙,也不觉得恶心。

第三,辛弃疾的《清平乐》"为儿铁柱作",下半首说:

> 从今日日聪明,更宜潭妹嵩兄。看取辛家铁柱,无灾无难公卿。

辛稼轩把东坡的词句拿过来,却一反东坡之意,而结论则同样希望儿子做大官。我们读这三家诗词,主题都与韩愈的《示儿》诗相类。但如果有人把这三家诗词和韩愈的诗作了比较之后,还是不能区别它们的作者的品格之不同,那就不必以言词争论了。

25

　　静安称《水浒》作者为"诗人"①,自是卓识。余最欣赏《水浒》序文②及诗,不论是否施公原作,抑圣叹拟作,其一

---

　　① 《人间词话》第一七则:"客观之诗人,不可不多阅世。阅世愈深,则材料愈丰富,愈变化,《水浒传》《红楼梦》之作者是也。"
　　② 《水浒》"著者自序":人生三十而未娶,不应更娶;四十而未仕,不应更仕;五十不应在家;六十不应出游。何以言之?用违其时,事易尽也。朝日初出,苍苍凉凉,澡头面,裹巾帻,进盘飧,嚼杨木,诸事甫毕,起何可中?中已久矣!中前如此,中后可知。一日如此,三万六千日何有?以此思忧,竟何所得乐矣!每怪人言,某甲于今若干岁。夫若干者,积而有之之谓。今其岁积在何许?可取而数之否?可见已往之吾悉已变灭。不宁如是,吾书至此句,此句以前已疾变灭,是以可痛也。快意之事莫若友,快友之快莫若谈。其谁曰不然。然亦何曾多得。有时风寒,有时泥雨,有时卧病,有时不值。如是等时,真住牢狱矣!舍下薄田不多,多种秫禾,身不能饮,吾友来需饮也。舍下门临大河,喜树有荫,为吾友行立蹲坐处也。舍下执炊爨理盘盂者,仅老婢四人,其余凡蓄童子,大小十有余人,便于驰走迎送传接简帖也。舍下童婢稍闲便课其缚帚织席,缚帚所以扫地,织席供吾友坐也。吾友毕来当得十有六人。然而毕来之日为少,非甚风雨而尽不来之日亦少。大率日以六七人来为常矣。吾友来亦不便饮酒,欲饮则饮,欲止先止,各随其心,不以酒为乐,以谈为乐也。吾友谈不及朝廷,非但安分,亦以路遥传闻为多。传闻之言无实,毋实即唐丧唾津矣。亦不及人过失者,天下之人本无过失,不应吾诋诬之也。所发之言,不求惊人,人亦不惊,未尝不欲人解,而人卒不能解者,事在性情之际,世人多忙,未曾常闻也。吾友既皆恬淡通阔之士,其所发明,四方可遇。然而每日言毕即休,无人记录。有时亦思集成一书,用赠后人,而至今阙如者:名心既尽,其心多懒,一;微言求乐,著书心苦,二;身死之后,无能读人,三;今年所作,明年必悔,四也。是《水浒传》七十一卷,则吾友散后,灯下戏墨为多。风雨甚,无人来之时半之。然而经营于心,久而成习,不必伸纸执笔,然后发挥,盖薄暮篱落之下,五更卧被之中,垂首捻笔,睒目观物之际,皆有所遇矣。或若问言既已,未尝集为一书,云何独有此传?则岂非此传,成之无名,不成无损,一;心闲试弄,舒卷自娱,二;无贤无愚,无不能读,三;(转下页)

种潇洒自得而又万分愤慨之气,谦逊随俗而又不胜自负之气,炉火纯青而又满腹牢骚之气,貌似旷达而又桀骜不驯之气,与世无争而又锋芒毕露之气,千古无两,真天地间不可有二不可无一之奇文。近来流行各本均删此序,真有眼无珠也。

26

薑斋①曰:"必求出处,宋人之陋也。其尤酸迂不通者,既于诗求出处,抑以诗为出处考证事理。杜诗:'我欲相就沽斗酒,恰有三百青铜钱。'遂据以为唐时酒价。崔国辅诗:'与沽一斗酒,恰用十千钱。'就杜陵沽处贩酒,向崔国辅卖,岂不三十倍获息钱邪?求出处者,其可笑类如此。"②此条甚妙,今之研究《红楼梦》者亦犯此病。

(接上页)

文章得失,小不足悔,四也。呜呼哀哉!吾生有涯,吾乌乎知后人之读吾书者谓何,但取今日以示吾友,吾友读之而乐,斯亦足耳。且未知吾之后身读之谓何,亦未知吾之后身复得读此书乎,吾友安所用其眷念哉!

① 即王夫之(1619—1692),字而农,又字薑斋,世称船山先生。有《鼓棹词》《潇湘怨词》《薑斋文集》。

② 《薑斋诗话》卷二,第三四则。

>>> 薑斋曰:"必求出处,宋人之陋也。"此条甚妙,今之研究《红楼梦》者亦犯此病。图为王夫之像。

"太阳底下没有新的东西",文学创作也并非例外。一切所谓创作,无非是旧材料的新配合而已。作品的高下,就看作家选择材料的眼光与标准;配合手段的巧妙或笨拙;所集材料的丰富或贫乏;创作理想的高远或浅近;乃至构思抒情的新颖或陈腐——这一切决定了作品的高下。

旧材料的新配合,有时可以比原来的材料更高明,昔人对这种情形,称之为"或沿浊而更清,或袭故而弥新"(陆机《文赋》)。这也许可以认为是怎样继承文化遗产的问题。既然在文明社会中没有一个人能遗世而独立,则任何一个作家的作品都免不得是他生活环境的产品,而他的生活环境又必须是他所经验过的文明社会的一部分。这一部分的环境和另一部分在文化积累和艺术传统方面可以很不相同,这也就是为什么每一个作家所受的文化教育和艺术修养可以和别的作家很不相同的客观理由。

曹雪芹的童年是生长在一个有高度文化教育和艺术修养的富贵环境之中的。他祖父传下来的丰富的藏书在当地可以说是首屈一指的。在他从童年进入成年的时期遭逢家庭大变,这正是每个人一生中最能记事,而又"易知难忘"

的年龄。《红楼梦》比起别的明清长篇小说来即使我们不谈什么"四家罪恶""阶级斗争"啦,或"艺术构思""描写技巧"啦等等滥熟的话题,仅就曹雪芹怎样继承前人的文化遗产,加以独出心裁的新配合和再创造而论,他不但古为今用,乃至洋为中用,而尤其突出的是诗为文用:因为他往往用前人的诗、词、韵文中的材料,巧妙地点化为书中的情节,使故事本身充满了诗的意境、诗的气氛、诗的情味。脂评说,雪芹写此书"亦有传诗之意",如果把这话仅仅理解为书中包括《大观园题咏》《葬花词》《五美吟》《菊花诗》等韵文作品,那就所见不广了。我以为《红楼梦》中散文往往有诗意,故事往往有诗意,即在于雪芹运用前人诗材为素材,再在上面用别的诗加以雕绘。"绘事后素",而雪芹采用的"素"和"绘"既来自前人之诗,化旧诗为新的散文,故其所传者是诗的精神,而不仅仅是指大观园中姑娘们的逢场作戏的吟咏。

28

有人早已指出,《红楼梦》作者得力于某些古典作品,如《庄子》《楚辞》《西厢记》《水浒》《金瓶梅》等。这些书,有的是在《红楼梦》本书内显而易见的,如第五回仿《洛神赋》描写警幻仙子之类,第二十一回宝玉模仿《庄子》写了一段"焚花散麝"的文字,第二十三回点明《西厢记》《牡丹亭》等戏曲,

>>> 有人早已指出,红楼梦作者得力于某些古典作品。图为清代费丹旭《黛玉葬花图》(局部)。

第十七回宝玉在蘅芜院引用了许多《楚辞》和《文选》中的香草名词,第七十八回《芙蓉女儿诔》完全是仿《楚辞》体裁。有的是脂砚斋的评语特别指出的,如第十三回说作者"深得《金瓶》'壸奥'"。第二十八回也提到《金瓶梅》,第二十四回脂评提到《水浒》杨志卖刀的故事。另外有些古典作品,在诗的方面,如第四十八回黛玉与香菱论作诗方法,兼及各家优劣,又如第十八回用钱翊芭蕉诗的典故:"冷烛无烟绿蜡干。"(脂评说:"此等处便用硬证实处,最是大力量。")在戏剧方面,第十八回元春所点的四出戏,脂评指出是在《一捧雪》《长生殿》《邯郸梦》《牡丹亭》中。又有《相约》《相骂》二出,在《钗钏记》(明王玉峰作)中,则比较不为人知。至于第六十回芳官所唱《赏花时》是《邯郸记》中曲文,早已由周汝昌先生指出。另外一些作品,雪芹原文中曾经引述,但在程乙本中已被删去。例如第七十八回宝玉在考虑采用什么文体来作《芙蓉女儿诔》时,列举《楚辞》中的《离骚》《招魂》《九辩》,《古文苑》中所收宋玉的《大言赋》,庄子的《秋水》,庾信的《枯树赋》,阮籍的《大人先生传》等,作者只举篇名,未举书名,高鹗先生看得不顺眼,全给删去了。

29

明末清初才子佳人小说,自笠翁《十二楼》以后,皆力求情节离奇曲折,以为不如此不足以胜过他作。实则其离奇曲折,皆牵强拙劣,绝不可信。又往往插入男女易装,主仆易位,求死遇救,绝处逢生,戚友收养,为人义子,互认兄妹,变为妻属等事,以增其错综复杂,终于书生中状元或立武功,双女同嫁一人,天子赐婚等庸俗收场,而所谓才子才女之诗文,又极鄙俗不堪,令人作呕,如《中国小说史略》第二十篇所举皆是也。

《红楼梦》一书则一反其道,以日常平凡之家庭生活为题材,绝不故求离奇曲折,而变化无穷。

30

欠泪之说,从前人词中套来。《闻见后录》:"元和中,处士唐衢,闻白乐天谪,大哭。后衢死,乐天有诗云:何当向坟前,还君一掬泪。"此还泪说之最早见于诗词小说者。(《闻见后录》三十卷,宋邵博撰。博祖雍,父伯温有《闻见前录》二十卷。)按《白氏长庆集》卷一《伤唐衢》之二:"终去哭坟前,还君一掬泪。"又冯延巳《南乡子》:"斜阳。负你残春泪几行?"柳永《忆帝京》:"系我一生心,负你千行泪。"

苏曼殊绝句:"还君一钵无情泪,恨不相逢未薙时。"然此实套张籍《节妇吟》:"还君明珠双泪垂,恨不相逢未嫁时。"

书中道人说:"果是罕闻,实未闻有还泪之说。"应仿脂评曰:此道人亦孤陋寡闻。

31

《梼杌闲评》第四十六回记陈元朗引魏忠贤之魂,梦游西山,描写仙境风景,香茶、仙乐,又有一女童抱一花鸟,高叫三声,忽见那大树上奇花满树,如千叶莲花,每花中立一美女,身衣五彩,按节而舞。鸟鸣一声,树上美女随花而落,都不见了。陈元朗借此点醒魏忠贤:"花开花谢,天道之常,人世荣华,终须有尽,任你锦帐重围,金铃密护,少不得随风萎谢,酒阑人散,漏尽钟鸣,与花无异。只要培植本根,待春再发,不可自加雕琢耳。"但魏并不觉悟。其后陈元朗因清冷真人召他,嘱魏少坐片时,他少刻即来,又嘱魏可以随处游玩,但不可入北首小门。魏待陈走后,不听其言,偷偷入看,见四围亦有花木亭树,中间一个大池,上有三间大厅,两边都是廊房。房内满堆文卷,有关着门的,有开着门的。里面有人写字。忠贤沿着廊走上厅来。见正中摆着公座,两边架上都是堆着新造成的文册。信手取下一本来看,是青纸为壳,面上朱红签,写着"魏忠贤杀害忠良册第十三卷"。忠贤看见,吃了一惊,打开细看,只见上写着"某年月日杀某人",细想果然不差,吓得手颤足摇,连册子都难送上去。正在惊怖间,忽听见厅后有人大声喝道:"什么生人,敢来扰乱仙府?"忠贤抬头一看,见一个青脸獠牙的恶鬼,手执铁锤,凶猛追来,忠贤吓得往外就跑,不觉失足跌下池去,大叫一声,忽然惊醒,看时仍旧坐在书房床上,吓出一身冷汗来,战栗不已。见桌上残灯未灭,老僧犹在地下打坐,元朗亦垂头未醒。再听更鼓已交四鼓。魏再睡,醒时已不见一僧一道,派一飞马去追,闻知出彰义门,追到卢沟桥才赶上。元朗等不肯回去,只叫捎回一个字帖,上写道:"掀天声势倚冰山,破却从前好面颜。回首阜安山下路,霜华满地菊斑斑。"

  今按此与红楼第五回梦游太虚幻境极相似。警幻仙子以仙曲及兼美点醒宝玉,宝玉未悟;元朗以仙花仙女之骤现骤谢点化魏忠贤,魏亦未悟。宝玉先强求警幻要看册子,魏则违嘱入内偷看册子,宝玉不解而魏惊心。最后一节有如疯道人对甄士隐所念"娇生惯养笑你痴"四句诗。

  又按《梼杌闲评》最后一回碧霞元君说劫解沉冤,大概与雪芹原稿警幻再出米定情榜相似。魏妻傅如玉子傅应星等因未与魏同作恶又虔诚礼佛,得升上天。此段亦与《金瓶梅》末回普净超度书中亡魂相似。

>>>《梼杌闲评》第四十六回所记与红楼第五回梦游太虚幻境极相似。图为清代孙温所绘《全本红楼梦图》(局部)。

吴世昌

32

贾瑞调戏凤姐及下面凤姐骗贾瑞,冬夜把他关在院子中冻一宵,情节与《十日谈》第八天第七故事:少妇爱伦娜欺骗爱她的学者林尼厄里,把他关在院子里,大雪中冻了一夜,大致相同,只有一些细节变化。至其下文报复此女,则红楼所无,则因贾瑞无法报复,且凤姐亦无爱伦娜之愚也。《十日谈》故事中爱伦娜有一少年情人,凤姐有贾蓉;爱伦娜有一使女,凤姐有平儿。第二次贾瑞被骗,浇粪桶事,则与《十日谈》第二天第五故事类似:此故事的马贩安德罗乔到那不勒斯被私娼(史卡拉朋·布达富柯)骗至家中,认他为弟,骗去五百金,推粪坑中,二事完全相似。

33

日月精秀,只钟女儿,北宋时谢希孟讽其师陆象山语。谢眷妓陆氏,象山戒之,谢不听,为妓起鸳鸯楼,并作记。象山闻其有记,欲见之,谢自诵曰:"自逊、抗、机、云而后,而天地灵秀之气,不钟于男子,而钟于妇人。"

"自逊、抗、机、云之死,而天地英灵之气,不钟于男子,而钟于妇人。"宋谢希孟为妓陆氏作《鸳鸯楼记》之首句。见《西湖游览志余》卷十六第三〇八页。谢,陆象山门人。按《西湖游览志余》乃据宋庞元英《谈薮》。

按王次回《疑雨集》卷四,二十四页《郑超宗母七月七夕七旬初度》"巍巍白岳英灵閟,不钟男子钟闺秀"亦用此事。王次回不以用歌妓事为他人母寿为嫌,可见明人通脱,若在后世,必以为辱矣。

《醒世恒言》十一卷"苏小妹三难新郎":"这都是山川秀气,偶然不钟于男而钟于女",以下列举班昭、蔡琰、谢道韫、上官婉儿、李易安、朱淑真,引入苏小妹。

曹雪芹的伟大,不仅在于他的博学,能继承运用前人的遗产等等,而尤其在于他能给前人遗产赋以新的意义,表达新的内容,发挥新的思想——点铁成金。例如谢希孟的说天地灵秀之气,不钟于男子而钟于妇女,不过是用以对他老师陆象山的讽刺,只是一句俏皮话,并无深刻的思想内容。曹雪芹采用这一说法,却有一个严肃的高尚的目的,即纠正数千年来在儒家思想影响下所造成的"男尊女卑"的传统观念。曹雪芹在书中不止一次借主角宝玉之口称赞青年女子,痛斥"须眉浊物",甚至把宝玉自己也包括在内,自称"浊玉"(七十八回)。这在表面看来似乎有点过分,但既要矫枉,就必须过正,要矫数千年传统之枉,必须再三重复地过正。同样一句话,在谢希孟文中只不过是一句近乎玩笑的讽刺,在曹雪芹书中却成为思想斗争的有力武器。第十六回甚至把皇上赐予北静王的及脊苓香串,用林黛玉之口骂为"什么臭男人拿过的"。又如:女儿是水做的骨肉,男人是泥做的骨肉,我见了女儿便清爽,看了男子,便觉浊臭逼人。凡山川日月之精秀,只钟于女儿,须眉男子不过是些渣滓浊沫而已。

34

贾曾《有所思》(《才调集》七):"洛阳城东桃李花,飞来飞去落谁家?幽闺女儿爱颜色,坐看落花长叹息:今岁花开君不待,明年花开复谁在?故人不共洛阳东,今来空对落花风,年年岁岁花相似,岁岁年年人不同。"

此诗偷刘希夷。按《全唐诗》刘希夷《代悲白头翁》(卷三):"洛阳城东桃李花,飞来飞去落谁家?洛阳女儿好颜色,坐见(一作行逢)落花长叹息:今年花落颜色改,明年花开复谁在?已见松柏摧为薪,更闻桑田变成海。古人无复洛城东,今人还对落花风。年年岁岁花相似,岁岁年年人不同。寄言全盛红颜子,应怜半死白头翁。此翁白头真可怜,伊昔红颜美少年。公子王孙芳树下,清歌妙舞落花前。光禄池台开锦绣,将军楼阁画神仙。一朝卧病无相识,三春行乐在谁边?宛转蛾眉能几时,须臾鹤发乱如丝。但看古来歌舞地,唯有黄昏乌雀悲。"(希夷善琵琶,尝为《白头咏》云:

"今年花落颜色改,明年花开复谁在?"既而悔曰:"我此诗似谶,与石崇'白首同所归'何异?"乃更作云:"年年岁岁花相似,岁岁年年人不同。"既而叹曰:"复似向谶矣。"诗成未周岁,为奸人所杀。或云:宋之问害希夷,而以《白头翁》之篇为己作,至今有载此篇在之问集中者。)

据此则此诗三人争著作权。大概原为刘作。查《唐诗纪事》卷十三刘希夷条,即《全唐诗》所据者,惟纪事较详。

按此为乐府《悲白头》之仿作,故曰代"悲白头"吟。吟者,乐府中有吟叹曲,如石崇《明君曲》即是,作"白头咏"或"白头翁"皆非。

《纪事》引《唐新语》云:"希夷一名庭芝,汝州人,少有文华,好为宫体诗,词旨悲苦,不为时人所重。善弹琵琶,尝为白头翁咏云……既而叹曰:此句复似向谶矣,然死生有命,岂复由此。乃两存之。诗成未周岁,为奸人所杀。或云宋之问害之。后孙翌撰《正声集》,以希夷诗为集中之最,由是大为人所称。"

脂砚评雪芹之作此书,亦有传诗之意。今按小山词《虞美人》云:"飞花自有牵情处。不向枝边坠(据明汲古阁本第51页。似应作"堕")。随风飘荡已堪愁。更伴东流流水过秦楼。 楼中翠黛含春怨。闲倚栏杆遍。自弹双泪惜香红。暗恨玉颜光景与花同。"雪芹写黛玉葬花之意境即从此词化出。黛玉初见落花随水流去到有人家处就脏了(二十三回),故起葬花之意。唯葬花词只以落花比美人,而小山词则反谓飞花不愿留在枝上,自有牵情之处,故伴流水流到秦楼下使美人看到,悲叹玉颜老去,则不独美人见落花而有感,竟使落花自去牵引美人之感,尤为奇想。但若楼中翠黛不得"闲"来倚栏杆,不见此落花则亦不至弹泪,则花之随水流去,岂非枉然?

海昌钟景《红芜词·摸鱼儿》序云"聚花片瘗之题曰香冢,酹之以词",但不涉此书。

浙江澉浦鸡笼山,有明末董小宛葬花处,见阿英《小说二谈》。

纳兰悼亡词有"葬花天气"。

35

咏菊诗多至十二题亦有所本,盖仿元稹咏醉诗十二题。《元氏长庆集》卷十六律诗类有"先醉""独醉""宿醉""惧醉""羡醉""忆醉""病醉""拟醉""劝醉""任醉""同醉""狂醉",唯名为律诗,实则七绝。(此盖唐人律绝不分,绝为律之一部分,亦即律也。)雪芹咏菊之十二题,必因元诗而连类想到也。

另有咏梅十二题。金李用章《庄靖先生乐府》《谒金门》序云:"西斋得梅数枝,色香可爱。一日为泽倅崔仲明窃去,感叹不已。因赋此调十二章,以写怅望之怀。"第十二章之目如下：寄梅、探梅、赋梅、叹梅、慰梅、赏梅、画梅、戴梅、别梅、望梅、忆梅、梦梅。每章以《谒金门》词咏之。（见《蕙风词话》续卷一第二十九则）

36

此回（五十回）九美联句，乃受《桃花扇》第八出"闹榭"河楼联句暗示而又加以发展，故读者不觉其仿《桃花扇》也。《桃花扇》联句者三人：陈贞慧、吴应箕、侯朝宗，诗体亦为五古，三人共联三十二句十六韵（用下平六麻韵）。由陈起结，独作六韵，吴、侯各五韵。此回则共联三十六韵，则因联句者人多三倍也。且二萧较六麻韵为宽，故可多联也。下文七十六回中秋月夜联句，先为黛玉、湘云二人，后加入妙玉，亦为三人联句，惟妙玉后到，未正式联句，只在下文续作二十六句十三韵，共计三人作七十句三十五韵。

37

《芙蓉女儿诔》盖仿李后主周后（娥皇）诔文而作。周后诔全文见马令《南唐书》，全文一千零六十五字，无上下款。

陆游《南唐书》删此诔文，而记"刻诔于石，与后同葬"，又云"作书燔之与决，自称鳏夫煜"，则诔文下款亦当如此。诔文前序八百余字为四言骈文，后半乃作骚体。全文体例颇似雪芹此诔（《芙蓉女儿诔》前序八百七十五个字，亦为骈文）。唯四言句较晦涩，不如此诔明畅。两诔相较，则雪芹此文胜于李诔多矣。前人此类文字多作四言，如陶潜《祭从弟及孙楚为妇除服诗》。李诔恪守前规，下文深觉拘束，遂改为骚体。雪芹则自决定以四六骈文为序（仿《哀江南赋序》），正文作骚体，构思谨严，驾驭自如，其才情远在李煜之上。

陆游删诔文而存李煜因怀念其从弟从善而作的《却登高文》，也是前半用四六骈文，末了以骚体为结。明沈士龙说陆书"剪诔附文，盖重友于戒佚思也"。

38

仙女司花亦古来传统。《续仙传》：殷七七，名文祥，每自醉，歌曰："琴弹碧玉调，药炼白朱砂，解造逡巡酒，能开顷刻花。"时鹤林寺有杜鹃花，每春甚盛。时将重九，或谓七七曰：能开此花乎？七七曰：可。……此花平日每开，尝见一红裳女子护之。及七七欲开此花，女子忽至曰：妾司此花，今为道者相共开之。（《诗律武库》卷六）

和曹雪芹交往的诗友中,现知除敦敏、敦诚兄弟及张宜泉外,尚有明义。明义的兄弟明琳也和雪芹相识,但尚未发现有任何赠曹之诗。明义的《绿烟琐窗集》有《题红楼梦》七绝二十首,题下自注云:

> 曹子雪芹出所撰《红楼梦》一部,备记风月繁华之盛,盖其先人为江宁织府。其所谓"大观园"者,即今"随园"故址。惜其书未传,世鲜知者。余见其钞本焉。

这条注文之重要,不下于其二十首绝句本身。首先,明义明白无误地肯定说:《红楼梦》是"曹子雪芹所撰"。书名《红楼梦》,不是《石头记》或《风月宝鉴》或《金陵十二钗》。其次,书中所记"风月繁华之盛"的故事,发生在雪芹先人的"江宁织府"内,或根据"江宁织府"中的事迹而编写。第三,"大观园"在南京,其故址即"随园"。这些话当然都是雪芹自己告诉明义的。否则住在北京的明义怎能知道曹家上世在南京的事。最后,明义说雪芹所撰《红楼梦》稿子并未传出来,很少人知道,不像后来的《石头记》似的,钞本陈列在"庙市"中可以索价"数十金"。上述四个要点,下文在谈到有关问题时还要详论,现在姑作提要式说明如上。

二十首七绝的内容,除第一首作为总冒,末两首谈到全书结局,略加评论外,其余十七首则每首说明书中一段情节或一个故事。这些故事,有的为今本《石头记》中所有;有的则今本所无;有的虽有而情节不同;有的则因诗句意义不够具体,不易对出所指为哪一个故事。很明显,上述第二种情况,即今本所无者,已被删去;第三、第四种情况,指明原稿已被改动。

但是,这二十首诗中所透露的初稿内容固然重要,它所未说到的而今本所有的重要情节,在研究《红楼梦》成书过程中更有意义。例如,像元春省亲这样重要的故事,在明义的诗中竟丝毫未提及,不但省亲事未提及,连可卿之死,以及由此而引起的王熙凤在尼庵弄权贪贿,害死一对青年;又愚弄贾瑞,引诱他"正照风月鉴",磨折而死;其他如刘姥姥进荣国府;宝玉梦游太虚幻境,看警幻的"十二钗"正副册子,听演《红楼梦》曲子等重要情节,都没有反映在这二十首七绝之中。——总之,今本《石头记》二十三回以前的故事,明义的诗一句也没有触及。

但为什么要以二十三回为分界线呢?

明义的诗开宗明义第一首就谈大观园,而今本《石头记》或《红楼梦》把宝玉和姐妹们放进大观园中去活动是在元春省亲以后传旨让宝玉等住入园中的。此事发生在二十三回。在这以前,除了元春省亲和因此而修盖此园外,书中男女主角的活动都在荣国府内。而明义的诗没有一首涉及荣国府,一开始即从大观园说起,可见雪芹给他的《红楼梦》钞本,故事全在大观园内;不但没有"甄士隐""贾雨村""太虚幻境""一僧一道"等等寓言神话故事,连"荣国府""刘姥姥""秦可卿"以及"风月宝鉴"的关键人物"贾瑞"都不在内。明义诗中没有说到的情节比他说到的更引人注意。但明义见到的钞本虽然似乎缺少《石头记》中前二十多回的故事,但末了的结局却已具备,不像传世《石头记》八十回以后全无下文,成了断尾巴蜻蜓。而从这个钞本的结局看来,则大观园故事之前显然也还有一些故事,包括"通灵宝玉"的来历等等,所以明义二十首诗内容之中所缺情节,也不能即认为钞本中也无此情节。但今本《石头记》二十三回前所有故事均付缺如,则不能不令人认为他所见钞本显然是一个比较简略的初稿。

40

元春属意宝钗,因其为母家亲属。但提婚时原稿元春已死,王夫人根据元春之意取钗去黛,贾母亦无如之何。盖贾母属意于黛,因其母乃亲生之女,此贾、王二派之争。元春之死从五十三回移至八十回后,恐与她插手宝玉婚事有关。原稿计划必须元春早死,方可全家女眷天天人宫,只留尤氏在家，故贾敬之丧不得不请尤老娘及二姐三姐来，引出许多事来。元春之死既移后，遂不得不凭空造一某太妃，使贾氏女眷入宫，以便尤氏请她的二妹来。

41

文艺创造的主要条件之一是认识"世人的真面目"。然而这种经验，只有通过对比，而且往往是痛苦的对比，才能深切地体会到。有了这种体会，才能理解生活，乃至进一步理解造成这种生活的社会因素。对比不外两种：由盛到衰，或由坏到好。"从小康堕入困顿"，是一个家庭没落的过程；但家庭只是社会组织中的一个细胞，不能孤立存在，所以这过程必然显示出社会的变动。如果这家庭在它的社会中是有代表性的，则它的没落正表示这个社会的衰退。对个人来说，盛衰越悬殊，对比越强烈，则他所见到的"世人的真面目"越显著，他的感受也越敏锐，越深刻。

《红楼梦》的作者曹雪芹生长在号称盛世的清代早期，而实际上已是"水旱不收，鼠盗蜂起，无非抢田夺地，民不安生"（《红楼梦》第一回）的时代，而他自己"赫赫扬扬"的家族，也已经到了"末世"。在少年时即遭到抄没家产，"历尽离合悲欢，炎凉世态"。若以"对比"而论，则他所感受的生活上的盛衰悬殊，远较"从小康堕入困顿"的经验为显著。

他少年时代尚未没落的家庭,代表当时典型的封建官僚社会,尤为突出。因此,我们可以想象,当他的家庭不久衰败以后,从惨痛的切身经验中体会到"世人的真面目",以及造成这些痛苦的各种社会因素,用文艺方式表达出来,自然也是十分深刻的。

42

我们现在可以指出曹雪芹在原来的计划中尽管把贾家从极盛写到家败人散,房屋烧光却并不足以证明《红楼梦》是他的自传或曹家的真实故事。首先,我们知道这毕竟是小说而不是曹氏家传或历史。作者在第一回中所用人名即以显示他把"真事隐"去,只把"假语存"(第一回前面的棠村小序把贾雨村说成"假语村言",是不正确的。贾雨村与甄士隐为对,"隐"为动词,则"村"乃"存"的谐音,亦为动词)下。我们不必强作聪明,以为小说所记全是真事。其次,我在别的地方早已指出,贾宝玉并不是作者自己的写照,而是以其叔父脂砚斋为模特儿。因为脂砚斋在他的评语中屡次公开承认"批书人"即书中宝玉,我们也有许多证据,知道有关贾宝玉的许多故事的素材,其发生的时间远在曹雪芹生前七八年。而这些素材,有极大可能是脂砚斋记录下来供给作者的。最后,也是最重要的,应该指出:写故事并不是作者的最后目的。书中有些故事即使以曹家旧事作为背景,如用康熙南巡来写"元妃省亲"的场面,然其目的仍只是借此缘由修造大观园,作为宝玉及其中主要女子展开活动的舞台,借以描写人物的个性,叙述故事的发展。而整部书中的主要故事,却又服从于作者在思想意识上和艺术创造上的更高要求:即既要暴露封建社会中荒淫、腐化、虚伪、残忍的大家庭生活,又要创造出在作者理想中高尚、优美、真诚、纯洁的爱情。这两种思想上的"对比",较之由盛到衰的物质上的"对比",更为显著,其矛盾也更深。而作为封建社会道德台柱的旧礼教,则当然要庇护那种腐败、虚伪的大家庭,来摧残有高尚理想而不肯向它低头的青年男女。作者在原著中又巧妙地把封建社会中荒淫、腐败、贪污、残忍种种罪恶变成了自毁自灭的种子,变成了由盛到衰的主要原因。在破坏了宝玉和黛玉的爱情,黛玉病死以后——即在"吃人的礼教"暂时得胜,吃掉了黛玉,伤害了宝玉以后,由它自己孕育出来的封建社会中必然有的上述种种罪恶,终于也毁灭了这大家庭本身,甚至于当年"风月繁华"的世界,也给一把无情火烧得精光。这些轮廓,以及由之而重建起来的曹雪芹的思想体系,在高鹗所补的"沐皇恩""延世泽"的后四十回中是看不出来的。在前八十回中,为了要适应后四十回中他自己写的某些故事,高鹗也做了若干删改。

43

墨憨斋批点《北宋三遂平妖传》四十回（日本内阁文库藏，明金阊嘉会堂刊本）封面题"墨憨斋手校新平妖传"，有识语云："旧刻罗贯中《三遂平妖传》二十卷，原起不明，非全书也。墨憨斋主人曾于长安复购得数回，残缺难读。乃手自编纂，共四十卷，首尾成文，始称完璧。题曰《新平妖传》，以别于旧。本坊绣梓，为世共珍。"（孙楷第《日本东京所见小说书目》）按程伟元在《红楼梦》序言中谓鼓担搜购，漶漫难读，与友人修订云云，全仿嘉会堂书店这段广告，这是明末清初一般刊行小说的书贾的"行话"，早已有人点破，却不料今天还有人信以为真，真以为程高氏只是修补而非补作。所不同者，嘉会堂主人把"购得"《平妖传》之事归诸墨憨斋，而程伟元则除直认自购外，又添出原有"回目百二十回"之说，经与脂评所录原稿回目对核，遂露出了马脚，把全部谎话弄穿了。

44

关于高鹗生平的现有材料，以其诗集《月小山房遗稿》和《砚香词》为主。但《遗稿》为高氏死后其学生所编，包括高氏晚年的作品。《砚香词》则为其戊申(1788年)冬天自编之集,虽为数不多,然较诗集为早,无戊申以后作品,故先论其词。

作为文学作品而论,《砚香词》之浅薄无聊,与《兰墅十艺》中的八股文真堪伯仲。上文已说到这四十四首词作于他三十六至五十岁之间。一个三四十岁的人竟写出这样幼稚、轻佻、恶劣的东西,尤其令人惊异。但因其中保存一些年月和高氏家庭生活的资料,故不失为有史料价值。如和《遗稿》对勘,颇可考见高氏生平一些事迹。如再结合别的有关资料来看,则我们虽不能知他的详细历史,但对于他的为人、思想、交游等等,至少可以得到一个大概轮廓。在理解了高氏生活情况以后再来看《红楼梦》后四十回的补作情况、内容评价,乃至是否为高氏补作这些问题,也许可以提供一些前人所不曾注意的证据。

45

《红楼梦》后四十回中最重要,也是写得最成功的故事,当然是黛玉之死和宝玉与宝钗的结婚。我有许多理由相信续书者高鹗手中,确有程伟元多年搜得的雪芹残稿,高氏即据以重写。此事说来话长,当另为文论之。现在只说宝玉婚礼中的一种风俗,由于程甲、程乙两本内容之不同,也可以证明其故事原在雪芹残稿之中。

程甲本第九十七回说婚礼毕后,把新夫妇送入洞房,"还有坐床撒帐等事,俱是按金陵旧例"。

"坐床撒帐"是古风。《东京梦华录》卷五"娶妇"条说:"扶入房讲拜,男女各争先后,对拜毕,就床,女向左,男向右坐,谓之'坐床'。妇女以金钱、彩果散(撒)掷,谓之'撒帐'。"

••••••••••

程甲本说"俱按金陵旧例",可以反映这是雪芹原稿中语。不但"坐床撒帐"之事本身为南方风俗,并且明言"金陵",正是再一次暗示这故事的背景地点。(如第二回冷子兴与贾雨村对话,即已明指"金陵",第五回之"金陵十二钗"等,也是明指)。但《红楼梦》全书背景为北京,这里忽然回到开始时的"金陵",在高鹗看来很不统一。他本来没有注意这问题,但不久发现不但点明"金陵"很不妥当,连采用"坐床撒帐"的南俗也不适宜,因此在程乙本中即改成还有坐帐等事,俱是按本府旧例。

一切婚丧礼俗,都以地区为范围,决不能按某府一家的"旧例"。如某府自甲地迁至乙地,仍用它的"旧例",那也仍是甲地风俗,而不能算是该府自己的什么风俗。所以高鹗这一改,表面上解决了一个矛盾,实际上却把文义反而弄得不通了。至于"坐帐",乍看是在"坐床撒帐"一语中丢了中间"床撒"二字,似乎也不通。但我向一位满族学者请教了之后,才知这是东北的婚礼风俗。新郎、新娘同坐炕上,称为"坐帐",此时新娘把闺女的双髻改梳成妇女的后髻。这使我得到一个启示：高鹗是满洲铁岭人,他当然依照他的"本地旧例"写故事。但曹雪芹的故乡却是南京,他的故事是按"金陵旧例"写的,当然要有"坐床撒帐"的南方婚俗。如果这个宝玉与宝钗结婚的故事完全系高鹗所作,一无依傍,则他决不会在初稿中误把南方风俗写进去,而且还明说这是"金陵旧例"。正惟因为其初稿乃根据曹雪芹的残稿而作,虽已改了大部分,却没有删尽原稿的痕迹,所以在程甲本中尚保留着"坐床撒帐"的"金陵旧例",到程乙本中则变成了"坐帐"的"铁岭旧例"了。我们应该感谢高鹗先前的疏忽,替我们留下了一条雪芹残稿的痕迹;也要谢谢他后来的修改,反映了他自己对于小说中故事背景的看法。

46

我写这书(指《红楼梦探源》),本来不是批评《红楼梦》的文学价值,所以谈不到什么理论观点。也不是研究此书的"微言大义"或社会问题。这些当然都是非常重要、值得郑重研究的。而在这方面,近年国内已有许多研究论文出版,其中颇有精彩之作。但我觉得在研究这些问题之前,尚须先弄清楚若干基本问题：例如,在全书一百二十回中,哪一部分是曹氏的作品,哪一部分是高氏续作？在曹氏作品中,哪些部分是他的真正原作,哪些部分曾经高氏删改？在高氏续作中,有无曹氏原稿材料在内?如果不把这些问题弄清楚,则在批评曹雪芹思想时,会把高鹗的思想算在他的账上,在研究曹氏的文艺造就时,也会把经高鹗删改的结果,归诸雪芹。如果不先弄清楚脂砚斋是男是女,他和曹家关系如何,便不能确定他的数千条评语有何价值。在研究他的评语时如果不能鉴定哪些评语出于脂砚斋之手,哪些是别人写的,也就无法判断这些评语有多少价值,对于了解雪芹的身世和《红楼梦》成书过程有何帮助。在鉴定了脂评以后,如果不能区别各期评语的写作年份,也就不能看出某些评语和作者生活及小说内容有何关系。——但是,尤其重要的,尤其基本的,是判断分析几个重要抄本的年代。这是过去中国经学大师对于校勘学和考证学上最注意的初步基本问题。不把这个基础打得正确坚实,则修造在这基础上的上层建筑,是很容易东倒西歪,甚至于垮下来的。

47

五步工作,构成为《红楼梦探源》的五卷。我说"五步",而不说"五部分"或"五大门",乃是因为这些都是研究《红楼梦》思想内容的初步工作,还没有跨进研究思想问题或文学批评的大门,更不必说登堂入室了。但这五步,却是研究思想或文学批评的奠基工作。我自知不是建筑师,只能把修造上层建筑这份工作让给比我高明的人去担承。我只是一个小工,把基石从山坳水崖找得来,放得平正,已算尽了我的能力。但我知道,修盖在这上面的雄壮的殿堂,却非要有坚实的基础不可。建立这基础也有一定的步骤,不能躐等。所以这五步的次序是:第一"抄本探源",第二"评者探源",第三"作者探源",第四"本书探源",第五"续书探源"。

"出版说明"[①]还告诉国外的英文读者说,"这书是中国封建时代阶级矛盾和阶级斗争的产品"。甚至说:

> 这部小说描写了四大家族对于劳动群众的野蛮的政治压迫。贾府外面,他们通过地方官把人民追逐至死。贾府之内,连奴隶也不如的丫头们一个一个被踩在脚下活活弄死。被称为花柳繁华之地,快乐光荣之家,不过是一个屠宰场而已!(重点笔者所加)

我不知道这位"出版说明"的作者是不是认为《红楼梦》的外国读者只读他的大作"说明"而不读小说本身,真的会

---

① 指外文出版社为杨宪益和戴乃迭译的《红楼梦英文版(A Dream of Red Mansions, Yang Xian-Yi and Gladys Yang. Beijing. Foreign Language Press,1978—1980)所写的"出版说明"。

相信宁荣两府"不过是一个屠宰场而已",因此,他可以借此机会宣传阶级斗争?

这位"出版说明"的作者又说:

> 在(荣宁两府的)围墙之内,他们自己的奴隶们造他们的反,使他们的男主人、女主人不得安宁。

我虽然也读过几遍《红楼梦》,也许由于我的警惕性不高,却还没有发现宁荣两府中有哪一个小厮或丫头贴过谁的大字报,造过谁的反。是鸳鸯造了贾母的反,还是平儿造了凤姐的反?是紫鹃揭发了黛玉的罪行,还是茗烟贴了宝玉的大字报?我想英译本的读者也很难在任何一回中发现这样的故事。

这位"出版说明"的作者不但评论《红楼梦》,还给英译本的读者补中国历史课,他说康、雍、乾三朝的"文字狱",为的是要虐待和杀害有进步思想的封建知识分子。同时,假装编辑《四库全书》,借以查禁较早的反对封建统治的书籍。(重点笔者所加。)

这真是千古奇闻。康、雍、乾三朝之前,竟有"反对封建统治的书籍",以致引起清代帝皇要查禁这些书。这位先生讲的是哪一国的历史?关于清初的"文字狱",除了这位"出版说明"的作者外,谁都知道是为了要根除汉人反对清朝统治的民族思想,所以要禁止有这类思想的书籍和言论。借编集《四库全书》而检查前代史书中有无反对异族统治的思想,也是其动机之一端,如宋人著作中反金反元的文字往往被删改,也是有的。但清廷这些措施,决不是查禁什么"反对封建统治的书籍"。封建时代的知识分子,在当时的条件下,怎么会写出反对本阶级统治的书籍来呢?"文字狱"的目的是要杀害"有进步思想的封建知识分子"吗?清初三朝有不少"文字狱",试举一个较早的例子:康熙二年(1663)庄廷鑨的《明史辑略》案,因书中用南明的年号,被汉奸告发,不但庄氏一家,凡写序者、列名参订参校者、刻印传播者、购藏者、知情不报者——所有这些人家,男子十五岁以上一律处斩,妇女小孩充发满族家中为奴,共杀七十多人。这些人与"进步思想"有什么关系?这部《明史辑略》当然已被禁毁,没有流传下来;但它的节本《明史钞略》(据说是吕葆中抄本)却保存在《四部丛刊》三编中,不妨看看其中有无"反对封建统治"的"进步思想",以致引起七十多人被斩首的"文字狱"。我们这位写作"出版说明"的作者自己不了解清初"文字狱"的情况,还假定英译本的读者和他一样无知,一片好心地要为他们补课。殊不知对《红楼梦》有兴趣的外国读者也许比他更了解清初的历史。例如关于"文字狱"的问题,我们很难在国内找到一本扼要的专著,但美国的汉学家顾立奇(L. C. Goodrich)早在1935年就发表了他的《乾隆的"文字狱"》一书,对于这一问题的了解远比这位"出版说明"的作者清楚。

49

即使在"四人帮"最猖獗的时代,土八股、洋八股、党八股、帮八股一直发展到红楼八股,也不过说说什么"四大家族的兴衰史、罪恶史"啦,"几十条人命"啦,等等,却还没有"飞跃"到把宁荣两府描绘成"不过是个屠宰场而已"这样的极"左"的高度。

尤其令人惊诧的是这个"出版说明"出版的时间。如果这是1976年或更早时期内出版的,虽然"说明"中迎合"四人帮"的谬论照样令人看了恶心、齿冷,但犹可说是当时风气使然。可是,英译本第一册的样本是1978年初印出来的。……照这个"出版说明",此书应改名为《红楼罪恶史》才切题。

50

关于曹雪芹在西郊的故居:雪芹晚年住在北京西郊,这是从敦诚、敦敏、张宜泉的诗中,我们早已知道了的。至于确切地址,则历来传说大都说是香山健锐营(一作箭瑞营)。据吴恩裕《有关曹雪芹十种》所记：早在1930年曹未风即从当地人得知"曹雪芹晚年住在那里，死在那里"。1950年刘宝藩在那里参加土改，正蓝旗住户满人德某也说"曹住在健锐营镶黄旗，死后即葬于附近，盖曹氏于该处有小块墓地"。1954年10月满洲镶红旗赵常恂老先生从承德函告吴恩裕，说他清末在京读书时有一同学家住健锐营，说"曹雪芹就住在那里，他的旧屋还有痕迹可指"。1963年3月，据住在香山的蒙古族张永海老人说："曹雪芹在正白旗住了四年……乾隆二十年（1755）春天雨大，住的三间房子塌了，不能再住下去。曹家是被抄家的人，平时人家拿他当'坏人'，房塌了也没人给他收拾。鄂比帮他的忙在镶黄旗营北上坡碉楼下找到两间东房。"

51

我治学先求理解，再作（或不作）评论，故考证十分必要。社会科学中要有考证，正如自然科学中必须有数学作为基础。不懂数学，任何科学都不能作为基础；不懂考证，什么学科也搞不好，甚至不能搞。有人反对考证，给它戴上"繁琐"的帽子，以便加罪而去之，这是"读书无用论"的旁支。反对考证是懒汉思想。清代学者主张"考据、义理、辞章"三者不可缺一。此三者中"考据"即为求真之学，"义理"

即为求善之学,"辞章"则属于美文,为求美之学;亦即康德所谓纯粹理性、实用理性、美育评论,亦即知识论、伦理学、美学三者之雏形。二百多年前之清人对治学之道能有此分析,殊为难得。

52

因为我对中国文学有深切爱好但又常苦有不解之处,故常寻根追究,有时因一字不识,寝食不安。因爱之深,故求解之心切。有时苦思冥索,不得真解;但决不妄信古人,或当世权威,不得真解即不动笔。故我敢断言:平生为文,如无创见确解,决不下笔。认为人云亦云,取之伤廉,再加传布,徒以欺人,二者皆丧德。这不是说我的每句话是真理,这当然不可能。但如有错误,人所共见,也不难改正。有过则改,决不文过饰非,护短自欺。

53

做研究工作需要一套专门技术,以古典文学而论,如果要评论诗(中国历史上诗人特别多),你必须先看懂你所研究的诗,知道作诗的甘苦。既要知此中甘苦,就得自己会作,懂得诗的基本格律技术。如果没有这些基本技术,你连看都看不懂,怎么能大言批评古人的作品,信口雌黄,强不知为知?我初到文学研究所时,曾劝青年朋友学会辨汉字的平仄,学会用韵,记住常用的韵部,这样不但可以更好地判断和评论古人诗的优劣,读多了还能辨别唐宋诗的不同,明清诗的不同,也可以自己学会作诗。不料"文化大革命"一起来,我这些话立刻成为大字报上的罪状。

54

开始治学最得力于王引之的《经传释词》,使我读古书必求甚解,一个字也不放过。梁启超的《古书真伪及其年代》《中国历史研究法》与顾颉刚的《古史辨》,使我对每一古书必先辨其真伪,再将有关年代列表,用公历标出,放在桌上或挂在墙上;对每一史事必查究年代,以定真伪、是非。如胡适所谓"庚辰本"《石头记》,"庚辰"是1760年,而此书中有丁亥脂评,丁亥是1767年,故知"庚辰本"之名是错误的。有人坚持"庚辰本"之名,大谬!

>>> 梁启超的《古书真伪及其年代》《中国历史研究法》，使我对每一古书必先辨其真伪。图为近代梁启超书法。

55

积累资料用卡片,并要归类,如"训诂""唐诗""宋词"等。更细者如"科技史料""古人食蛇""独木桥体""宋人词用唐诗""宋人词用唐传奇故事""宋人食茶加盐姜"等等,随时随手记录。看书时要有善于分类的头脑,例如见《世说新语》中曹操"望梅止渴"的故事,须知这是"条件反射"的证例。手要勤,随时写卡片。资料必须注明出处、卷页。

56

不论看什么书,必须有自己的见解,不迷信书中所说。对于古人、今人都不可全信,但同时又必须虚心学习古今之长,不自以为是。如明知旧说错了也不改,则永无进步。古人可能错,今人(包括老师、权威、名流)也可能错,自己也可能错。总之,对一个问题要反复考虑,不得到满意合理的答案,决不停止研究。引用古书或他人著作,必须加引号注明来源,不可占为自己的"发明"。别人著作引他书,必须查对原书,有无错误、增删或歪曲。要严防剽窃。学术界有扒手,也有流氓小偷。要注意,要无情揭露,不可姑息。真理高于一切。

对于任何学术问题,先要定下一个严守真理的道德信条。为了这信条,应有不惜任何牺牲的决心,违反这信条,不论在任何情形之下,都不道德。依此信条,就其大体而言,至少要做到下列各点:

第一,学术是最客观的,所以要屏绝一切主观与成见,尊重客观的证据。不论自己怎样爱好的意见,如果与客观的证据冲突,必须割爱放弃,或加以修正;不可阿其所好,固执成见。孔子所谓"毋固,毋意,毋我",亦不外此意。一个人要改变一个已有的观念,本来是很苦痛的事,但为了真理,一切牺牲都该忍受。有许多人往往因为先发表或构成了一种意见,以后即使发现有相反的证据,也不肯改正,这应该认为是不道德的行为。有许多人因为某种目的,不惜抹杀或歪曲客观证据,故作违心之论,那就不仅违反学术道德,简直连人格都发生问题了。——这是就律己方面说。

第二,学术是最不势利的,所以研究的人也要屏绝势利,只求真理。不论是老师、尊长、名人,或显要的意见,如果与真理冲突,那也只好舍前者而取真理。即使是父亲也并不例外。清代的朴学家是有此精神的。他们在讨论学问时会说:"家大人曰:……按家大人之说非也。"如果他父亲也是个忠实的学术工作者,他应该庆幸有此跨灶之子。为了真理,有时应该承认和自己反对的学派的主张。有时也应该牺牲自己所崇拜的人的意见。在学术范围之内,只有真理,只有是非,没有权贵,也没有冤亲,违背了这个原则,也是不道德。——这是就对人方面说。

58

英国一个作家曾经说过:"第一个用花来比美人的是天才,第二个用花来比美人的是庸才,第三个用花来比美人的是蠢才。"因为他不肯运用思想而只知抄袭别人的说法。新文化运动时胡适之先生要打倒旧文学,建设新文学,就是因为旧文学中现成而不用费脑筋的话太多,要作诗,那些"夕阳""芳草""垂杨""秋风",推不开扔不掉地挤拢来。要作小说,照例是红楼梦中贾母所谓男的都是子建,女的都是文君,千篇一律,千人一腔。这些都是不用费脑筋,只要把预先堆积在脑中的现成材料,搬出来就是,并不考虑这些现成材料能否代表他所要传达出来的思想或情感,甚至不问这些材料和他的思想情感有无关系。现代西洋心理学派的文艺批评家对于这种现象下一个名词叫做 Stock response,这个名词我姑且译作"存储反应"。

....
(存储反应)与抄袭有一共同点是懒于思考。一个人脑中堆积了若干材料,有一些是他最熟悉的,其所以熟悉,或者是因为他特别喜欢，特别得意，或者是因为他时常碰到别人也用。一有"机会"，他立即把最熟悉的材料顺手牵羊地搬出来，有时竟与这个"机会"（照心理学上说法应该是"刺激"）无关；有时他搬出来时也经过选择，自以为是最合适的（因此也是他最得意的）反应；而实际上是最平庸最陈腐最俗滥的。一切八股之来源，都可以用存储反应来解释。

……………

当然，存储本身这件事情并不坏，人类的知识本来就靠堆积存储而来。反应之必得从存储（Stock）之中出来，也是无可奈何之事。问题在于反应时不能不思考当时的环境，对象及其所反应之事。而反应本身，或为语言文字，或为造型艺术（Plastic Arts），或为人事态度，必须审度当时的环境，对象，及其所反应之事，而就存储堆积的材料中加以选择，配合和再造（这其实就是创造过程），使它成为最合适的。如果对于一个刺激，只是顺手牵羊的搬出一些现成材料来反应，便是存储反应。

59

保守者在新的环境中，遇见新的事情，不愿接受新的原则，采用新的方法，自有他们可骄傲的老法子来应付。在这一个意义上，存储反应阻碍了进步。一个民族的文化遗产，应该增加这个民族的智慧；遗产愈多，智慧的增加也该愈多愈精。但如果这些文化遗产已经和新来的环境脱了节，而它所增加于这个民族的不是智识而是存储反应的习惯：保守、固执、偏见和对新事理的峻拒，则这些文化遗产对于这个民族，反而变成沉重的十字架了。

60

对于"固有文化"固然不能作为存储反应的法宝，对于外来的思想、制度、文化，也同样的不能使它堆积成为存储反应的材料。其理由我想不必再复述。真正要使中国列于现代国家之林，不是靠盟军打胜仗而跻列四强或五强，则中国人的自由思想，有鉴别力的思想，有选择力的思想，能适应的思想，创造的思想(Creative thinking)，是十分必要的前提；而这些思想，都是与存储反应不相容的。

61

天下绝顶聪明人不可读吾书，读吾书者必须有几分傻气呆气,方能与书中之傻气呆气相应相激而得其真味。若聪明人读之,但见书中傻呆可笑之语,必将忍俊不禁,宵寐匪祯也。戒之,戒之。

62

《诗》云"不醉毋归"。陶渊明云:"造饮辄尽,期在必醉。"余则每夜必饮,期在不醉。何则?余以饮酒代药,期在速眠耳。故饮必在深夜,佐饮唯家常剩菜,残羹冷炙,少而弥甘,盖不欲家人为我多费也。余于酒亦不辨优劣。首都年有品酒之会,余从不与闻,盖除家人亲友外,并不知余善饮也。实则余亦不善饮,由其"不辨优劣"可以知之。亲友怜其无知,常常买好酒以饷之,故日常所饮亦殊不恶。

余之所以深夜不寐,亦实逼处此,非欲标榜勤学。盖日间杂事丛集,访客太多,若不熬夜,则竟月不能成一文。夜静人定,所闻两耳嗡嗡之自鸣。心有所系,欲眠不能,故写读之事,移于夜间,有时不觉东方之既白。急欲入睡而仍不能,则只得求助于杜康矣。魏武乃欲以解忧,我则但求入梦耳。古稀以来每夕眠时更暂,则必于午睡补足之。而褦襶之徒或不相饶,或有文件案牍待阅,则午睡亦废,于是夜眠更迫切,而旧疾难革矣。

客或骤见此斋名,必问何所取义?曰:随君注解其名可也。一则曰我酒量洪大,不易醉也;二则曰我饮有节制,不使己醉也;三则曰我不以醉眼看世事,虽老而不受酒欺也;四则曰入斋者皆非醉人也;五则曰我酒不多,可饮而不可醉也,总之,则饮而不醉,不为世所欺,亦不以醉为解而欺世盗名也。友人曰:"不醉"二字其义乃如此广乎?

后　记

这本小书酝酿时间甚久,它将吴世昌先生的札记、批语以及书信中有关中国古典文学的零碎文字归类梳理,分为三部分。诗话、词论部分是将我辑注的、供研究先生治学轨迹之用的《词林新话》的尾、首的两部分略加调整;文议部分则是以先生的《罗音室碎语》和研读《红楼梦》的一些批语,加上部分短文,并从几篇长文里采撷片段文字综合而成。至于精选插图,撰写说明,则由策划编辑完成。这些文字书写的时间,早的可追溯到20世纪30年代,晚的则写于20世纪80年代。五十多年间,先生历经日寇蚕食、抗日战争、解放战争、海外讲学、归国定居、十年"文革"、改革开放等时期,时局跌宕起伏,行止漂移无定,南北东西,国内海外,学府菜圃,但研究不辍,思考不停。书中所辑文字,除少数完整的篇幅外，大多是在上述环境中闪现的火花，零章断句，即兴而发，信笔写下，富含情感但未必准确成熟，先生原只为尔后著文积累资料，或与同好切磋时助兴，无意面世。不过，我们今日读到这些零金片玉，仍可从中窥见作者在读书治学过程中的心境、观点、方法和态度而获得诸多教益与启发。

  吴世昌先生(1908—1986)辞世已经三十余年，今天的年轻人对他自然感到陌生。他出身贫寒，靠"工读生"、助学金考上燕京大学英文系。由于酷爱中国古典文学，自大学二年级起，即发表一系列释古籍语词的训诂学论文，引起海内学者瞩目。大学毕业后，他被吸收为哈佛燕京学社国学研究所研究生，尝试用现代治学理念、科学方法研究中国古典文学，跳出旧国学研究的圈子，借助多种学科，拓宽文学研究领域，如开创从心理语言学(Psycholinguistics)研究古典诗词的新路子。在牛津大学讲学期间，国内掀起了批判《红楼梦》研究的运动。为了授课的需要，他也关注了这本书和这场运动。他认为，在讨论《红楼梦》的思想倾向、阶级意识、社会价值等之前，先要弄清：曹雪芹是否写了《红楼梦》的完整故事？全本《红楼梦》中哪些是曹雪芹写的，哪些是高鹗写的？高续补时对曹文有无删改，有无可能见到曹的部分佚稿？这样，批评时才不至于张冠李戴。因此，首先需要分析各个抄本和两个刊行版的状况，这是《红楼梦》研究的基础。基础不正确坚实，建于其上的其他就会垮掉。

于是,他另辟蹊径,这才有了探究抄本、评者与评语、作者、本书、续书本来面目的《红楼梦探源》和《红楼梦探源外编》等一系列著作,并被称为"红学家",尽管他并不情愿要这个雅称。他钟爱词学,对词的理论与创作都有独特的贡献。改革开放初期,国内词界仍是万马齐喑,一潭死水,尊"豪放"为正统,贬"婉约"为异类,他振臂一呼:"北宋根本没有'豪放派'!"振聋发聩,石破天惊,打破了长久以来词学研究的沉寂,也引起日本汉学界的重视。这在今天看似平常,但在当时,确实需要极大的勇气。同样,对明清以来影响巨大的"索隐派",他的批判也是不遗余力的,直斥其为"无稽悠谬,毫无佐证,更不科学""自欺欺人",败坏了学风。而他对《清真词》的精辟分析,更是人所未道,读来耳目一新。

先生治学,贵在创新。穷根究底,发前人所未见,抉微钩沉,辟新蹊以通幽,不拜倒在权威脚下,不迷惑于人云亦云。他曾在札记本上写道:"虽尊师说,更爱真理,不立学派,但开学风。"他教导自己的研究生,要敢于披荆斩棘,打开新局面:"你所写的论文,如果是现有的一百篇当中,再加上一篇,成为一百零一篇,那就没多大意思。你所写的论文,应当是某一方面的第一篇。"创新不为炫人耳目,而在求得真理,因此,材料必须坚实,考证是必要的。对于信口开河,斥"考证"为"烦琐"的大言,他深恶痛绝,据理力争:"无考证即无论据。反对考证是懒汉思想。"求真,正是这位本色学人一生的追求。

先生曾说,严肃的读书,是"不懂的字句,必须求甚解,不明白的问题,必须求个水落石出;甚至于在无问题中求问题,在无条理中求条理;在思想上要与古人打架,在创作上要与作者抗衡。这种研究的态度,便是文化进步的原动力"。由于青年时期学词,曾"上了'索隐派'的当,受了注家的骗",他一直提倡要多读原书,少读选本或注本,决不妄信古人,或当世权威。他郑重提醒世人:"传统缚人甚于枷锁铁链,思想解放艰于人身解放何啻万倍!"我以为,这就是先生读书的"秘诀"。值得我们铭记于心。

看了此书,读者如有兴趣,可以再读读先生的诗词及文章,我相信,将会有更丰硕的收获。

吴令华
2020 年暮春